Langenscheidt

Summer of Love in London – Liebessommer in London

von Dagmar Puchalla

Langenscheidt

Berlin · München · Wien · Zürich · New York

Lektorat: Marion Schweizer
Englischsprachiges Lektorat: Charlotte Collins
Coverzeichnung: Kirill Chudinskiy

www.langenscheidt.de

Umwelthinweis: gedruckt auf chlorfrei gebleichtem Papier

© 2009 by Langenscheidt KG, Berlin und München
Satz: Franzis print & media GmbH, München
Druck: Mercedes-Druck GmbH, Berlin
Printed in Germany

ISBN 978-3-468-20469-2

English From Now On

"And from now we'll only speak English!", entschied Helenas Mutter mit diesem strengen Blick, der keine Widerrede duldete.

Helena dachte, sie hätte nicht richtig gehört. "Wir reden nur noch Englisch? Hier? Zu Hause? Wieso das denn?"

"Yes, my love, starting today the two of us are going to speak English to each other. No German any more", wiederholte ihre Mutter. "Together **we can do it!**" Dabei nickte sie Helena zu. "English all day long, from **first thing in the morning** until late at night. Actually, it **would be** good for Thomas, too. Maybe we can **convince** your dad to join us." Ihre Mutter räumte geräuschvoll das Geschirr in die Spülmaschine.

Helena konnte es immer noch nicht glauben. "Aber …"

Ihre Mutter unterbrach sie unwirsch. "No **arguing**, Helena. I want you to **do better** in your next **exam**."

"Mama, ich hatte eine Zwei!" Helena starrte ihre Mutter an, als hätte die ihren Verstand verloren.

"Please speak English, Helena! I know; a two is still more or less **okay**, but we have to do something about

---

We can do it!	Wir schaffen es!
first thing in the morning	früh morgens
would be	wäre
to convince	überzeugen
to argue	diskutieren
to do better	besser abschneiden
exam	*hier:* Klassenarbeit
okay	in Ordnung

it before it gets even worse." Nebenbei wanderte ein Teller nach dem anderen in die Maschine. "You don't understand. It's because we love you, and we want you to be able to **take advantage of** all the **opportunities** life has to offer to an intelligent girl like you. How will you be able to **study** medicine like your father and me if your marks aren't good enough?"

Helenas Vater hatte seine Arztpraxis in der Nähe der Villa, in der die Familie wohnte. Helenas Mutter, die ebenfalls Ärztin war, arbeitete dort vormittags und kümmerte sich am Nachmittag zu Hause um die Buchführung, den Haushalt und Helena. Und sie ging selbstverständlich davon aus, dass Helena eines Tages in ihre Fußstapfen treten und denselben Beruf ergreifen würde.

to take advantage of sth	etw nutzen
opportunity	Chance
to study	studieren
a shame	schade
talent	Gabe
every single	jedes einzelne
to exaggerate	übertreiben

"You're clever, and it would be **a shame** if you didn't make the most of your **talents**", fuhr sie fort. "You'll ruin your life …"

"Mum, I'm brillant in **every single** subject at school. It's only this once that I've got a two in English. Don't you think you'**re exaggerating** a little?"

Für Helena war es keine Frage, dass ihre Mutter maßlos übertrieb. Wie immer. Sie kannte es nicht anders, immer war Leistung das Wichtigste gewesen – Lernen (Schule), Üben (Klavier), Trainieren (Tennis). Und bei allem musste sie mindestens eine der Besten sein, wenn nicht sowieso die Beste. Dieser Anspruch war ihr inzwischen schon in Fleisch und Blut übergegangen, aber dass sie jetzt wegen einer Zwei zu Hause Englisch reden sollte, fand sie völlig daneben. "I've still got **a couple** more years, Mum. Maybe I'll get a different teacher before I finish school."

"You think you've got **plenty of** time? That's a mistake!" Energisch quetschte ihre Mutter die Salatschüssel irgendwo dazwischen. "If you start to **let things slide** now, you'll just get worse. And maybe you'll have this teacher until you leave school – you don't know, do you?"

> **a couple**
> ein paar
> **plenty (of)**
> reichlich
> **to let things slide**
> die Dinge laufen lassen
> **It doesn't matter about the others.**
> Die anderen spielen keine Rolle.
> **to need to do sth**
> etw tun müssen
> **dishwasher**
> Spülmaschine

Helena seufzte und trank den letzten Schluck Apfelsaftschorle. Einmal eine schlechtere Note, immer eine schlechtere Note. Was sollte sie dazu sagen? Sie war wütend, schließlich tat sie fast nichts anderes als Lernen. Konnten ihre Eltern denn nicht ein Mal zufrieden sein? Nie konnte sie es ihnen recht machen.

"Mum, come on! I'm still the best in the class!"

"**It doesn't matter about the others**, darling. Nobody will know about them. People won't compare your marks with theirs, they'll only see how you did", erwiderte ihre Mutter streng und riss Helena das Glas förmlich aus der Hand. "Have you finished with that? I **need to** start the **dishwasher**." Sie stopfte das Glas zwischen Teller und Töpfe und füllte Spülmittel in das dafür vorgesehene Fach.

Helena gab auf. Es war ein hoffnungsloses Unterfangen, ihre Mutter zur Einsicht bewegen zu wollen. Die

Zwei im Zwischenzeugnis würde ihr anhaften wie ein Schandfleck, so lange, bis da wieder die übliche, strahlende Eins stünde, wie in allen anderen wichtigen Fächern auch. Andererseits war da auch in ihr so eine leise, aber unüberhörbare Stimme, die sich über diese Note ärgerte, oder genauer: über diese eine spezielle Lehrerin. Miss Fetherston mochte sie einfach nicht. Wahrscheinlich hatte sie selbst in ihrer Schulzeit nur schlechte Noten bekommen und war deshalb neidisch auf sie, dachte Helena bissig. Vielleicht hatte sie auch Medizin studieren wollen und ihr Notendurchschnitt hatte nicht gereicht? Der Gedanke erfüllte Helena für einen Augenblick mit Schadenfreude, wenn auch nicht lange, denn es half ihr leider nicht viel weiter. Helena konnte tun und lassen, was sie wollte, irgendetwas hatte Miss Fetherston immer an ihr auszusetzen.

Helenas Mutter drückte die Tür der Spülmaschine zu und stellte sie an. Ein gedämpftes Surren und Rauschen erfüllte die große, helle, modern eingerichtete Küche.

"Mum, I think Miss Fetherston just doesn't like me."

Die Mutter ließ sich auf einen Stuhl fallen und schaute ihre Tochter entrüstet an. "She doesn't like you? But ..." Sie unterbrach sich für einen Moment und fuhr sich mit den Fingern durch ihre frisch blondierten Haare. "But she can't **jeopardize** your future just because she doesn't like you. She's your teacher, **after all**. It's her job to teach you and **motivate** you. She needs to help you to learn as much as **possible**. She has no **right**

> **to jeopardize** gefährden
> **after all** schließlich
> **to motivate** motivieren
> **possible** möglich
> **right** Recht

to **judge** you just because she likes or **dislikes** you. I'll go and talk to her next week", sagte sie entschlossen.

Helena hielt einen Moment die Luft an. Das war so ziemlich das Letzte, was sie wollte. Sie war schließlich kein Baby mehr und konnte für sich selbst eintreten. Außerdem würde Miss Fetherston sie dann nur noch mehr hassen.

> **to judge sb**
> über jdn richten
> **to dislike sb**
> jdn nicht mögen
> **All right, then.**
> Also gut.
> **to pull oneself together**
> sich zusammenreißen
> **to study harder**
> sich beim Lernen mehr anstrengen
> **whether** ob
> **to get on**
> weitermachen

"No, please don't, Mum", erwiderte sie und schaute ihre Mutter mit durchdringendem Blick an.

Die runzelte ihre Stirn, wie meistens, wenn Helena ihr widersprach. "**All right, then**; but if you don't want me to tell her what I think, you'd better **pull** yourself **together** and **study harder** so that she has to give you a better mark. It doesn't matter **whether** she likes or dislikes you, you just have to show her how good you are."

Ihr Ton ließ keinen Widerspruch mehr zu. Helena schwieg. Das Brummen der Spülmaschine schien ihren ganzen Kopf auszufüllen.

Helenas Mutter erhob sich und schob geräuschvoll den Stuhl an den Tisch, sodass Helena zusammenzuckte. "Right, then there's nothing more to say. So we can both go and **get on** with our work."

Das klang ziemlich geschwollen, dachte Helena. Aber sie sagte nichts. Auf noch mehr Ärger hatte sie keinen Bock. Also erhob auch sie sich und ging die Treppe hinauf in ihr Zimmer, zu ihrer Schultasche, an ihren

Schreibtisch, so wie jeden Nachmittag. Ob sich das in ihrem Leben jemals ändern würde? Ihre Klassenkameradinnen saßen jetzt vielleicht in einem Café. Abends würden manche von ihnen zu einer Zeit nach Hause kommen, wenn Helena schon lange im Bett lag. Selbst am Wochenende, wenn viele aus ihrer Klasse abends ausschwärmten, musste sie spätestens um zehn zu Hause sein. Ob sich das mit ihrem sechzehnten Geburtstag im Sommer ändern würde? Helena konnte es sich ganz und gar nicht vorstellen.

allegory
Allegorie
by myself
allein

Es dauerte nicht lange und ihre Mutter stand in der Tür.

"What are you doing in your English class at the moment?"

"We've just started reading *Lord of the Flies* by William Golding."

"Oh, we read that at school too. It's an **allegory**, isn't it?"

"I don't know yet, I've only read the first page. Miss Fetherston told us it was an adventure story."

"Hm. William Golding won the Nobel Prize, didn't he?"

"I don't know, Mum. We just got the book today. I've never heard of William Golding before."

"Well, you should have done, and now you have. Do you want me to help you?"

"No, thanks. I'd rather work on it **by myself**, and I have to read it first."

"Okay, fine. I understand."

Endlich ging sie. Helena stand auf und schloss die Zim-

ENGLISH FROM NOW ON

mertür hinter ihr. Dann entspannte sie sich und lehnte sich in ihrem teuren Schreibtischstuhl zurück, der nachgab und mit ihrer Schaukelbewegung mitfederte. Sie nahm das Buch, das offensichtlich schon unzählige Generationen von Schülern und Schülerinnen beschäftigt hatte.

*The boy with **fair** hair lowered **himself** down ...* Malte!, schoss es Helena durch den Kopf. Malte aus der elften Klasse war blond, durchtrainiert und immer gut gelaunt; beim Gedanken an ihn trommelte ihr Herz wie eine Buschtrommel. *... **began** to **pick** his **way** towards the **lagoon** ...* Mit Malte in einer Lagune irgendwo im Nirgendwo, das wäre so ungefähr das Schönste, was Helena sich vorstellen konnte. Leider hatte er absolut keine Ahnung, dass sie in ihn verknallt war, und sie sah nicht die geringste Möglichkeit, das zu ändern. Meistens war er von einer Horde Mädchen umringt, aber er zwinkerte ihr oft zu, wenn sie an ihm vorbeiging. Sie versuchte, so oft wie möglich an ihm vorbeizugehen, wo immer sie ihn entdeckte. Ihn anzusprechen wagte sie nicht. Sie hatte keine Ahnung, worüber sie sich mit ihm unterhalten sollte. Sie konnte ja schlecht einfach *Hey du, ich find dich toll* zu ihm sagen. Unvorstellbar. Helena kicherte bei der Vorstellung, niemals würde so etwas über ihre Lippen kommen.

*... **taken off** his school **sweater** ...*
Helena stellte sich vor, wie Malte sich langsam entklei-

---

fair
blond
himself
sich
to begin
(began, begun)
beginnen
to pick one's way
seinen Weg sorgfältig wählen
lagoon
Lagune
to take sth off
etw ausziehen
sweater
Pulli

dete. Ein Striptease von Malte, nur für sie ... Aber dann riss eine unbekannte Vokabel sie zurück ins wahre Leben. *Scar*? Was hieß das denn nun wieder? Sie schlug im Wörterbuch nach. Der Text war ganz schön schwierig, enthielt viele neue Wörter.

"I just found out that *Lord of the Flies* was chosen as one of the hundred best **novels** of the **past** eighty-five years by *Time* magazine."

Helena schreckte auf. Sie hatte ihre Mutter nicht hereinkommen hören. Wieso konnte sie sich nicht endlich angewöhnen zu klopfen?

"Would you mind **knocking** on my door before you come in, Mum?"

"Oh, sorry, I forgot again, I just can't **get used to** it. What do you think? Is that useful?"

"Please Mum, if you keep interrupting me I'll never **get through** the first **chapter**. I have to do a summary for tomorrow. All this information you're giving me isn't important right now. Maybe later. But I'd really **appreciate** it if you could leave me alone for a **while** to do my **reading** – oh, and please could you shut the door?"

scar	Narbe
novel	Roman
past	vergangen
to knock	klopfen
to get used to sth	sich an etw gewöhnen
to get through	durchkommen
chapter	Kapitel
to appreciate sth	etw gut finden
while	Weile
reading	Lektüre

Sie hatte sich bemüht, freundlich zu bleiben, und ihre Mutter ging und schloss tatsächlich die Tür hinter sich.

Helena las weiter und machte Notizen für die Zusammenfassung, konnte aber nicht verhindern, dass ihre

ENGLISH FROM NOW ON

Gedanken erneut abschweiften und wieder bei Malte landeten.
*Perhaps there are**n't** any **grown-ups anywhere** ...* Was für eine Vorstellung: kein Erwachsener weit und breit! Sie und Malte allein auf weiter Flur. Eine fast unerträglich schöne Vision. Sie schloss die Augen und sah sich mit Malte auf einer einsamen Insel, wie sie in diesem Buch beschrieben wurde. Heiß war es, schillernd bunte Vögel flatterten herum ... *a bird, a **vision** of red and yellow, **flashed upwards** ...* Helena träumte und schlief darüber ein. Der sündhaft teure Stuhl war so bequem, dass sie fast eine Stunde durchschlief.

"Helena, dinner's ready!" Helena riss erschrocken die Augen auf. Ihre Mutter stürzte ins Zimmer. Hatte sie diesmal angeklopft? Helena wusste es nicht.

"Mum!"

"**Were** you **asleep**?", erkundigte sich ihre Mutter empört.

"No! I was just thinking about how to write this summary", erwiderte Helena schlagfertig.

"Do you need any help?" Ihre Mutter kam näher.

"No, Mum, please! I'm fifteen, not five years old!"

"Okay, okay, I just wanted to help. If you don't want me to ..."

Helena seufzte. Es war immer das Gleiche. "Sorry, Ma. I didn't **mean to** hurt you, but I can do it without any help, **honestly**. Thanks for offering, **though**."

---

grown-up
Erwachsene(r)
not anywhere
nirgendwo
vision
Traumbild
to flash upwards
emporflackern
to be asleep
schlafen
to mean to do sth
etw tun wollen
honestly
ehrlich
though
aber

Ihre Mutter strich ihr über die blonde Mähne. "All right, let's have dinner. Your Dad's waiting."

Der Vater saß in der Küche, die Brille auf der Nase, hinter der Tageszeitung versteckt, das übliche abendliche Ritual. Nach der Arbeit war er immer ziemlich abgespannt.
"I told Dad about our decision", bemerkte ihre Mutter, während sie Reis auf die Teller füllte.
"Our decision? What do you mean, Mum?"
"That we're going to speak English from now on. You see, we're already doing it without realizing, as if it were **perfectly** normal", freute sie sich.
"Ach ja?", seufzte der Vater müde und legte die Zeitung zur Seite. "Muss ich da unbedingt mitmachen? Ich bin abends einfach zu müde. Wir könnten im Sommer nach Amerika fliegen, da könnt ihr dann nach Herzenslust Englisch sprechen. Was haltet ihr davon?"
Die Mutter legte ihre Hand auf die seine. "Just try to speak English with us **now and then**. It's easy, I'm sure you'll get used to it. But of course it's your decision."

> **perfectly**
> völlig
> **now and then**
> ab und zu

Nach dem Abendessen betrachtete ihr Vater Helenas Zeugnis. "Schade, diese Zwei ist wirklich ärgerlich. Aber ich finde, ansonsten kannst du stolz auf dich sein."
"I'll try to do even better in future. Right now, though, I'm tired and I still have to read this new book. So I'm going to bed. Good night, sleep well."
"Okay, good night, my love", sagte ihr Vater lächelnd und widmete sich erneut seiner Zeitung.

Lieber um acht Uhr mit einem Buch ins Bett gehen als weiter über das Zeugnis reden, dachte Helena. Sie setzte sich an den Schreibtisch und begann endlich, die Zusammenfassung zu schreiben. Nachdem sie die unbekannten Vokabeln gefunden hatte, war es nicht mehr schwierig.

Eine Stunde später legte sie sich auf ihr Bett, schaute aus dem Fenster in den dunklen Himmel und betrachtete den fast vollen Mond. Im Winter schlief sie am liebsten bei offenen Vorhängen, das gab Raum für ihre Träume. Sie mochte ihr Zimmer. Es war in einem freundlichen hellen Grün gestrichen und hatte einen Balkon, von dem aus Helena in die Zweige eines großen Baumes fassen konnte. Ab und zu huschten sogar Eichhörnchen bei ihr vorbei. Helena war hellwach. Gleich würde ihre Mutter kommen, um ihr Gute Nacht zu sagen. Ihre Blicke wanderten im Raum umher. Als sie bei ihrer Schultasche angekommen war, überfiel es sie plötzlich siedend heiß: Die Hausaufgaben für Mathe mussten noch gemacht werden! Über dieser ganzen Englisch-Diskussion hatte sie die anderen Fächer glatt vergessen.

A Really Good Teacher

In der großen Pause vor der Englischstunde lief Helena mit ihrer Freundin Karolin über den Schulhof. Plötzlich erblickte sie ihn: Malte! Er schien gerade einem Mädchen, das sehr hübsch war und ihn mit großen Augen anhimmelte, etwas zu erklären und bemerkte Helena nicht. Sie ging vorbei und konnte ihre Augen nicht von ihm abwenden. Gab es so etwas wie Gedankenübertragung oder nicht? Dann müsste er gleich aufschauen, wenn sie ihn nur intensiv genug ansah ...

"Helena!" Eine empörte Stimme schrillte in ihr Ohr. Miss Fetherston! Sie war geradewegs in ihre Englischlehrerin hineingelaufen. Ausgerechnet. Hatte sie ihr etwa auf die Füße getreten?

"Sorry, Miss Fetherston, I'm really sorry."

Natürlich sah Malte genau jetzt zu ihr herüber, das sah sie aus den Augenwinkeln.

"What are you looking at while you're talking to me?", schimpfte die Lehrerin und starrte in Maltes Richtung. "Maybe this is why you're not as good as you could be in class? Maybe you're busy thinking about something more important? Or some*body* more important?"

"Please, Miss Fetherston ..."

Aber die Lehrerin ließ sie nicht ausreden. "Pah. Don't think I'm stupid – I'm not!" Damit drehte sie sich um und ließ Helena stehen.

Helena atmete innerlich auf und schaute sich nach Malte um – aber der war nicht mehr da. Und das hübsche Mädchen war ebenfalls verschwunden. "Mist", schimpfte sie leise.

Karolin neben ihr kicherte. "Jetzt wirst du's noch schwerer haben bei ihr. Das kam nicht gut an."

Genau das befürchtete Helena auch und die folgende Englischstunde verlief denn auch erwartungsgemäß. Miss Fetherston forderte Helena auf, ihre Zusammenfassung laut vorzulesen, unterbrach sie aber nach zwei Sätzen und meinte nur: "Read the book more carefully next time, Helena. Lisa, please continue. Tell us what happened in the first chapter of the novel."

Helena war empört. Das war unfair. Miss Fetherson befand es offenbar nicht einmal für nötig, ihr zu sagen, was denn an ihrer Hausaufgabe überhaupt falsch sein sollte! Und Lisa, die jedes Mal genervt die Augen verdrehte, wenn diese Lehrerin ihr den Rücken zukehrte, war ihr absoluter Liebling. Egal was diese Lisa tat, sie war die einzige Einser-Kandidatin. Dabei war sie nicht besser als Helena, ganz bestimmt nicht.

Helena stand auf. "Excuse me, I need to go ..." Sie musste unbedingt für einen Moment raus aus diesem stickigen Klassenzimmer und frische Luft atmen. Sie hätte heulen können vor Wut!

"You stay here, I want you to listen to Lisa!", befahl die Lehrerin.

Das war definitiv zu viel. "Ich muss meinen Tampon wechseln, sonst lauf ich aus!", schrie Helena und stürmte aus der Klasse.

Oje, so etwas hatte sie noch nie getan! Für solche Szenen waren Bonnie und Alina zuständig, aber doch nicht sie!

Helena lief auf den Schulhof und fluchte dabei laut vor sich hin. Da tauchte auch schon Karolin hinter ihr auf.

"Hey, was ist denn los? Brauchst du Hilfe?"

"Nee, ist schon wieder okay." Helena zog die Nase hoch.

"Die Fetherston ist echt gemein, aber das darfst du nicht so ernst nehmen, so sind manche Lehrer nun mal. Lassen ihren Frust an uns aus." Karolin zuckte mit der Schulter.

"Meinetwegen soll sie machen, was sie will, aber nicht mir meine Noten und meine Zukunft verderben", schnaubte Helena.

Karolin sah sie an. "Sollen wir uns beim Direktor beschweren?"

Helena dachte einen Augenblick nach. "Besser nicht", meinte sie dann, wieder etwas ruhiger. "Wenn sie weiter unsere Lehrerin bleibt, wird sie sich dafür rächen. Komm, gehen wir zurück in die Klasse und machen das Beste daraus."

to have a day off	einen Tag blaumachen
practice	Training

"Mum, I don't want to go today, can't I **have a day off**? Ausnahmsweise?"

Ihre Mutter stand mit gepacktem Trainingszeug an Helenas Zimmertür. "No, Helena; if you don't take your tennis **practice** seriously you won't improve."

Immer dieser Druck. Disziplin war alles. Gab es für ihre Mutter denn nichts anderes?

"But I need to do my homework, I've got so much today."

"Well ..."

Ah, ihre Mutter wankte.

"Especially English. We have to do a lot again and our next test will be on this book ..."

"All right, but only today, Helena. No excuses next time."

In Helena jubelte es. Sie hatte tatsächlich frei! Sie musste nur so tun, als würde sie wie wild Englisch lernen.

Sie zog Heft und Buch aus der Schultasche, beugte sich pflichtbewusst darüber und las ihre bisherige Zusammenfassung.

*There seems to be a **war** somewhere. A plane has been **shot down** and has crashed on a **tropical** island. Some **schoolboys** are the only **survivors**. Ralph and Piggy find a **conch shell** and Piggy suggests using it as a horn. When they hear the horn all the boys **assemble**. They **elect** Ralph as their leader, and Jack becomes the head of a group of **hunters**. They enjoy their **freedom** and being alone on the island without any adults...*

war	Krieg
to shoot down	abschießen
tropical	tropisch
schoolboy	Schüler
survivor	Überlebende(r)
conch shell	Muschelschale
to assemble	sich versammeln
to elect	wählen
hunter	Jäger
freedom	Freiheit

Dann griff Helena zum Buch und las weiter. Um neun Uhr löschte ihre Mutter wie immer das Licht, aber mit der Taschenlampe las Helena unter der Bettdecke weiter. Sie las das Buch komplett durch, sie konnte nicht mehr aufhören, auch wenn sie längst nicht alle Vokabeln verstand. Vielleicht konnte sie damit endlich mal bei Miss Fetherston im Unterricht glänzen? Spät in der Nacht kritzelte sie gähnend in ihr Heft:

*Ralph wants to light a **signal fire** to **attract attention** in case a ship passes by. But the fire **gets out of control**, and one of the youngest boys disappears. They try again, but it's clear that some of them must stay to **control** the fire. The hunters, who are given this **duty**, don't do it properly and one day, when a ship comes **along**, the fire has burnt out. Some children start to be afraid. They keep having **nightmares**, and they believe that there is a monster or a **beast** on the island …*

signal fire	Signalfeuer
to attract attention	Aufmerksamkeit erregen
to get out of control	außer Kontrolle geraten
to control	überwachen
to come along	vorbeikommen
nightmare	Albtraum
beast	Bestie
to develop	sich entwickeln

Helena konnte nicht mehr weiterschreiben, aber als sie endlich einschlief, hatte auch sie Alpträume von diesem Jack, der mit seinen Jägern ein Schwein tötete und den Kopf aufspießte …

Am nächsten Morgen war Helena sicher, dass Miss Fetherston begeistert sein würde darüber, dass sie nun schon das ganze Buch kannte. Aber sie hatte sich getäuscht. Miss Fetherston wurde sogar unglaublich wütend.

"I told you to read it slowly, chapter by chapter! We're going to talk about each chapter in class and discuss how the story **develops**. And now you've read the whole book already! You don't listen to me, Helena,

your mind is always **somewhere else**. You think about that boy too much!"
Ein Flüstern ging durch die Klasse, wie eine große Welle, die dann wieder verebbte. Vereinzelt wurde gekichert. Für den Rest der Stunde saß Helena da wie unter einer Dunstglocke. Lisa zeigte ihr den Mittelfinger und flüsterte: "Olle Streberin, geschieht dir recht!" Ansonsten bekam Helena nicht viel mit vom Unterricht.

Drei Wochen später hatte auch der Rest der Klasse das Buch durchgelesen und zusammengefasst und Miss Fetherston ließ einen Test schreiben. Bei der Rückgabe fiel Helena fast vom Stuhl, als sie die Note las: eine glatte Drei! Was für ein Horror!
Auf dem Weg zum Tennis war ihr die Kehle wie zugeschnürt. Dummerweise war ihre Mutter extrem gut gelaunt. Sie trällerte irgendein Lied aus dem Radio mit, irgendwas mit "In the **heat** of the morning ..." und klopfte permanent den Takt auf das Lenkrad. Gruselig war das und Helena war genervt.

> **somewhere else**
> woanders
> **heat**
> Hitze

Das Tennistraining lenkte sie immerhin ab. Sie schlug den Ball so heftig, dass ihre Partnerin fluchend hin und her rannte wie ein gejagtes Reh. Aber ihr ging es hinterher etwas besser, sie hatte sich wenigstens ausgetobt.
Auf dem Nachhauseweg musterte ihre Mutter Helena fragend im Rückspiegel. "What's wrong, darling?"
Sie hatte also schon Verdacht geschöpft. Jetzt oder nie.

"Ich hab eine Drei im Englischtest. Das ist los", sagte sie trotzig.
Ihre Mutter bremste abrupt und fuhr rechts ran. "That's not true, is it? You must be joking! **You're kidding**, aren't you?"
"No, Mum, it's the truth. But I don't want to talk about it und überhaupt geht mir das ewige Englischreden auf

> **You're kidding.**
> Das ist doch ein Scherz.

den Wecker, das bringt nämlich rein gar nichts, es macht alles nur noch schlimmer."
Ihre Mutter drehte sich um und steuerte das Auto wieder auf die Fahrbahn. Schweigend fuhren sie nach Hause. Dort angekommen, rannte Helena die Treppe hinauf in ihr Zimmer und knallte die Tür hinter sich zu. Heulend warf sie sich aufs Bett. Niemand, aber auch wirklich niemand hatte Verständnis für sie.

Es war schon längst dunkel, als sie aus ihrem Zimmer ins Badezimmer huschte. Unter der Dusche schien für einen Moment alles von ihr abzugleiten. Im Spiegel schaute sie in ihre rehbraunen Augen, bekämpfte einen einsamen Pickel und streckte sich die Zunge raus. Noten, pah! Noten waren doch wirklich piepegal. Egal, egal, egal. Wie konnte man sich darüber nur derart aufregen?
Die Selbstsuggestion funktionierte: Helena hatte fast schon wieder gute Laune – und Hunger. Es musste doch bald Abendessenszeit sein. Sie spazierte die Treppe hinunter und hörte ihre Eltern in der Küche in ein Gespräch vertieft. So leise sie konnte, schlich sie näher. Hoffentlich hatte ihre Mutter das mit der Drei

längst dem Vater erzählt und sie redeten inzwischen über etwas anderes.

"Doch, das ist das Beste", hörte sie. "In drei Wochen wird sie eine Menge lernen."

"Ganz allein? Das ist das erste Mal."

"Rolf, sie ist fünfzehn und kein kleines Kind mehr. Wir suchen ihr eine nette Gastfamilie und …"

Gastfamilie? Helena stockte der Atem. Ihre Eltern wollten sie wegschicken? Und sie wurde nicht einmal gefragt? Sie riss die Tür auf.

"Hey, are you talking about me?"

Sollte ihr Vater sich wenigstens anstrengen und auch Englisch reden. Da konnte er doch immerhin mal zeigen, was *er* konnte. Und wofür brauchte man eigentlich Englisch als zukünftige Ärztin?

"Sit down please, Helena, and **calm down**. It's all for the best, believe me."

Tatsächlich, er konnte Englisch. Helena verkniff sich ein leises Grinsen. "All for the best? What exactly do you think is best for me?"

"We've decided that you should have a wonderful holiday in England. You know, there are lots of holiday schools …"

"*You've decided*? You want me to go to school in England? Like kids who **fail** their exams? You want me to work in my holidays?"

"Calm down, Helena." Ihr Vater wiederholte sich. Vielleicht fehlte ihm das nötige Vokabular, er sollte einen Englischkurs belegen.

> **to calm down**
> sich beruhigen
> **to fail an exam**
> bei einer Prüfung durchfallen

"I don't want to calm down. You're

making plans without even asking me. I'm not a baby any more!"

Der Hunger war augenblicklich vergessen, Helena rannte die Treppen hinauf in ihr Zimmer. "And don't you **dare** come into my room!", rief sie noch in Richtung Küche, bevor sie die Tür zuknallte.

| to dare |
| wagen |

Nachdem sie sich ein wenig beruhigt hatte, zog sie ihr Handy aus der Tasche und rief Karolin an – ein Telefonat, das die Sachlage schlagartig ändern sollte.

Aufgebracht berichtete Helena der Freundin vom Plan ihrer Eltern. Doch die kicherte nur.

"Wieso kicherst du so blöde?", fuhr Helena sie an. "Was findest du daran so witzig?"

"Falls es dich tröstet", entgegnete Karolin giggelnd, "du bist nicht die Einzige die nach England fährt."

"Wie meinst du das?"

"Dreimal darfst du raten, wer mir gestern freudestrahlend erzählt hat, dass er den Sommer in London verbringen wird."

Helena stockte der Atem. Sollte das möglich sein? "Du meinst ... doch nicht etwa ... Malte?"

"Erraten!"

"Malte? Wirklich?"

"Ja, wirklich!"

"Allen Ernstes?"

"Ja, allen Ernstes. Er soll nach England, weil er versetzungsgefährdet ist. Er erzählt überall herum, dass er London unsicher machen wird und ..."

Wow! In Helenas Kopf drehte sich plötzlich alles. Auf einmal sollte ihr Traum wahr werden? Sie und Malte ohne Eltern auf einer Insel? Einer Insel, die zwar weder tropisch noch einsam war, aber das war jetzt nebensächlich. Und der nächste Gedanke war: Das durften ihre Eltern auf keinen Fall erfahren.

Es klopfte an ihrer Tür.

Helena unterbrach ihre Freundin flüsternd. "Ich muss Schluss machen, danke, du hast soeben mein Leben gerettet – bis morgen!" Sie legte das Handy schnell weg.

"Helena?"

Das war ja mal was ganz Neues: Ihre Mutter stürzte nicht einfach wie üblich ohne zu klopfen ins Zimmer, sondern wartete vor der Tür. Hatte sie womöglich ein schlechtes Gewissen?

"Hm."

"Please, let's talk about it ..."

"Maybe later. I need to think about it first."

Sollte sie ruhig ein bisschen zappeln, sie hatte nichts Besseres verdient, wenn sie solche Entscheidungen über Helenas Kopf hinweg fällte.

"Will you come down for dinner?"

"In a minute."

"Okay, I'll put it in the **oven** and we'll wait for you."

Sollten sie ruhig ein bisschen warten, dachte Helena. Aber auch wieder nicht zu lange, nicht dass sie es sich jetzt vielleicht wieder anders überlegten. Helena starrte auf ihre Uhr. Ihren Herzschlag spürte sie bis zum Hals. Sie versuchte, scharf nachzudenken, obwohl es ihr schwerfiel, aufgewühlt, wie sie war. Sie würde zur Bedingung machen, dass die Schule in London wäre, nicht in ir-

> **oven**
> Backofen

gendeinem Nest in der englischen Pampa. Wie konnte sie das begründen? Vielleicht mit Kultur, Museen und so weiter? Ja, das würde ihren Eltern bestimmt gefallen. Und sicher war es auch wirklich interessant, sich mal alles anzusehen, was sie nur von den Fotos im Englischbuch kannte, den Tower und den Buckingham Palast und diese vielen Brücken über die Themse zum Beispiel. Helena sprang auf. Ihr Entschluss war gefasst.

"Helena, setz dich und hör mir bitte ruhig zu."
"Yes, Dad?" Helena warf sich in den großen roten Ledersessel. Sie liebte diesen Sessel, sie konnte sich in ihn hineinkuscheln wie in eine Muschel, so wie sie es als Kind oft getan hatte. Im Kamin prasselte ein Feuer und ihr Vater zündete sich eine Zigarette an.

to insist
darauf bestehen

"Musst du unbedingt …?", fragte seine Frau.
"Ja, ich muss", schnitt er ihr das Wort ab und wandte sich seiner Tochter zu.
"What is it you want to tell me?", hakte Helena nach, bewusst auf Englisch, um es ihm nicht zu leicht zu machen.
"Okay, in English, if you **insist**", seufzte der Vater müde. "When I was young, I wasn't as good in school as you are …"
"I know, Dad." Diese Geschichte kannte sie bereits zu Genüge.
"What I want to tell you is that my parents sent me to England too, and when I came back I was much better than my teacher. Her English pronunciation wasn't very

good; for example she **pronounced** the *th* sound like *s*: *sis* and *sat* **instead of** *this* and *that*. And so on. So when I came back …"

"Dad, if I dared to correct my teacher she would **kick** my **ass**! She's an **English native speaker**, after all."

"Helena!"

"Sorry, but let's not talk about the past, let's talk about the future – about *my* future." Helena spürte ihr Herz klopfen. Noch nie hatte sie ihre Eltern belogen, jedenfalls nicht so, und sie fühlte sich nicht besonders gut dabei. Aber sie hatte keine Wahl. Und hatten sie es sich nicht selbst zuzuschreiben?

"You think I should go to England to improve my English so I get better marks in school. Is that right?"

"Yes, we thought it …"

"Okay." Mehr sagte sie nicht. Ihre Gedanken rasten. Und außerdem würde sie doch genau das tun, was ihre Eltern wollten, was war schon schlimm daran, dass Malte auch da sein würde? Man konnte es ihm schließlich nicht verbieten …

"Pardon?" Ihre Eltern schauten sie ungläubig an. "You say it's okay?", hakte ihr Vater nach.

"Well, I thought about it for a while and I decided that you might be right. But …"

"But?"

"I want to go to London. Nowhere else. If that's okay for you, I'll go to England and go to school **even though** it's the holidays. But I want to go to London only."

---

to pronounce aussprechen
instead of anstatt
to kick sb's ass jdn in den Arsch treten
English native speaker englische(r) Muttersprachler(in)
even though auch wenn

"London? We thought Hastings or Brighton, because they're by the sea and not as big as London …"
"London, or I won't go." Das sagte Helena mit so fester Stimme wie möglich. Sie staunte über sich selbst.
"But why?", wollte ihre Mutter wissen.
Ihr Mann bremste sie. "Lass sie doch. Ich kann das gut verstehen, London ist doch sehr interessant!"
"But it's dangerous too!", insistierte die Mutter und schaute Helena wieder an. "Why London?"
Helena räusperte sich, sie hasste es zu lügen, aber was blieb ihr anderes übrig? "Well, there are so many interesting things to see there. Tower Bridge and the Tower of London, the London Eye, lots of museums, Big Ben and the **Houses of Parliament**, the **flea markets**, second-hand book shops, theatres, musicals, Hyde Park and Speakers' Corner …"
Wie gut, dass sie im Englisch-Unterricht so viel über London geredet hatten, Helena zählte alles auf, was ihr gerade einfiel. "Did you know that Daniel Radcliffe – you remember, the guy who plays Harry Potter in the films – was in a theatre play in London? I think it was *Equus* by Peter Shaffer. Maybe he'll be on stage again when I'm there …" Helena fielen immer mehr Gründe ein, nach London zu gehen, sie hatte Malte fast darüber vergessen und war selbst überzeugt davon, dass London eine Reise wert war.
"Well, okay", seufzte ihr Vater. "So we'll look for a school and a **guest family** in London. Maybe **on the outskirts**? Richmond, maybe? Or …"

> **Houses of Parliament**
> Parlamentsgebäude
> **flea market**
> Flohmarkt
> **guest family**
> Gastfamilie
> **on the outskirts**
> am Stadtrand

"Dad, I want to live **right** in the centre, otherwise I'll spend all my time travelling and I won't see anything of the city." Helena lächelte bei der Vorstellung, in Maltes Armen durch die Stadt zu schlendern. "**By the way**, I'm hungry; where's dinner?"

> right direkt
> by the way übrigens
> to be supposed to sollen
> reference Verweis
> Hebrew hebräisch

Nach dem Essen, in dem fast ausschließlich alles familiär vorhandene Wissen über London ausgetauscht wurde, verschwand Helena wieder in ihrem Zimmer. Sie hatte noch einiges für die Schule zu tun. Für Geografie mussten sie alle großen Städte Chinas auswendig lernen. Und natürlich hatten sie auch wieder eine Aufgabe für den Englisch-Unterricht: *What can you find out about the title of the novel* The Lord of the Flies?"

Helena setzte sich an ihren Computer, gab "Lord of the Flies" in eine Suchmaschine ein und machte sich Notizen:

*Instead of 'Lord' you could also say 'God' – God of the Flies. The title **is supposed to** be a **reference** to the **Hebrew** name Beelzebub. Beelzebub is a devil in Hell; some people think he is the devil himself.*

Aber Helena konnte ihre Gedanken nicht lange auf die gestellte Aufgabe konzentrieren. Sie wanderten immer wieder in Richtung London, Sommer, Malte. Außerdem war sie durchaus zwiegespalten, was das Buch betraf. Sicher, die Geschichte war spannend, aber sie schien auszusagen, dass jedem Menschen von Natur aus das Böse innewohnt, und mit dieser Vorstellung konnte Helena sich nicht anfreunden. Es gab doch so viele gute

Menschen! Mahatma Gandhi zum Beispiel, Mutter Teresa, Sophie Scholl oder Nelson Mandela. *Lord of the Flies* war ein richtiges Albtraum-Buch, in dem die besten Figuren sterben mussten, gejagt von den anderen! Andererseits: Auch Sophie Scholl war von den Nazis umgebracht worden und Nelson Mandela hatte Jahrzehnte im Gefängnis gesessen. Helena schüttelte sich bei der Vorstellung. Plötzlich kamen ihr Zweifel an ihren Plänen. Wollte sie wirklich nach London? So ganz allein zu wildfremden Leuten in eine riesige fremde Stadt? Sie wusste ja nicht, wo Malte wohnen würde, vielleicht würde sie ihn gar nicht zu sehen bekommen? War ihr Englisch überhaupt gut genug, um überall durchzukommen? Würde sie vielleicht überfallen werden? Helena versuchte sich wieder auf die Aufgabe zu konzentrieren.

bloody blutig
sow Sau
stick Stange
sacrifice Opfer
to swarm around sth etw umschwärmen
to exist existieren
evil das Böse
human being Mensch

*In Golding's novel, the Lord of the Flies is the **bloody** head of a **sow**, killed by Jack and his hunters. They put it on a **stick** and present it to the Beast as a **sacrifice**. Soon flies **are swarming around** it. But the Beast does not **exist**! Simon suddenly starts to imagine that the Lord is speaking to him, telling him that the Beast is not real, it is just a symbol for the **evil** in every **human being**.*

Plötzlich durchfuhr es Helena wie ein Blitz: Sie musste unbedingt herausfinden, zu welcher Sprachschule Malte gehen würde! Sie musste Karolin auf ihn ansetzen. Gleich morgen.

LONDON CALLING

Karolin konnte leider am nächsten Tag nichts in Erfahrung bringen, aber Helenas Eltern waren erwartungsgemäß nicht untätig gewesen. Sie hatten eine Schule gefunden, bei der sie sich die Gasteltern aussuchen konnten. Das war nicht billig, aber so eine wichtige Entscheidung konnten sie unmöglich dem Zufall überlassen. Sie wollten unbedingt, dass Helena ordentlich beaufsichtigt wurde, wenn sie das schon selbst nicht tun konnten. Als Helena von der Schule nach Hause kam, saß ihre Mutter am Computer.

to call	rufen
several	mehrere
storey	Stockwerk
built	gebaut
stylish	stilvoll
lively	lebendig

"Helena, come and look! Dad just called and told me about this school in London. The daughter of one of his patients went there, and she said it was great. Look, there are photos of **several** guest families and their homes. This is pretty: 'Four **storey** Georgian town house …' The family looks friendly. They say they're used to having guests from abroad … Oh, and look at this one: 'A large, elegant, Edwardian family home, **built** around 1910, full of character – just like the family that lives in it …' Here's another one: 'A **stylish** Victorian house, built in 1880, decorated in a typically British way. The family living here is very **lively**, with three small children …'"

"Mum?"

"Yes, my dear?"

"What does it mean when they say *Victorian* or *Georgian*?"

"Oh, that's the style of **architecture** that was popular during the time of King George or Queen Victoria, in the late eighteenth and nineteenth centuries. Look: you can see that the Georgian style was **influenced** by classical Greek and Roman architecture."

"Yes, I see." In Wahrheit interessierte Helena die Architektur der Häuser allerdings weit weniger als die Familie, bei der sie wohnen sollte. "Mum, I want to stay with a family where there's a daughter my age." Helena war irgendwie mulmig. Was, wenn ihr Plan mit Malte nicht aufging? Sie brauchte dringend ein anderes Mädchen in ihrem Alter. Auf keinen Fall wollte sie in eine Familie mit lauter kleinen Kindern, die sie womöglich noch beaufsichtigen musste, das kam nicht in die Tüte. Morgens Schule und nachmittags Babysitten, und das alles in den Ferien? Was für eine fürchterliche Vorstellung!

"Okay. There are plenty, we'll find the best one for you. Look, what about this? Father **architect**, mother **housewife**. They've got two very nice children, a son **aged eight** and a daughter aged sixteen. They live in a **lovingly restored** early Victorian house, built around 1850. It's **spacious**, light, and **cheerfully** decorated, **situated** in a quiet road only **a few**

architecture	Architektur
to influence	beeinflussen
architect	Architekt
housewife	Hausfrau
aged eight	acht Jahre alt
lovingly	liebevoll
restored	restauriert
spacious	geräumig
cheerfully	fröhlich
situated	gelegen
a few minutes' walk	wenige Minuten zu Fuß

> | Underground station
> | U-Bahn-Station
> | nearby
> | in der Nähe
> | access
> | Zugang
> | millennium
> | Jahrtausend
> | I like the sound of them.
> | Das klingt nett.
> | to contact
> | kontaktieren

minutes' walk from the park. The **Underground station nearby** offers easy **access** to the City and the London Eye **Millennium** Wheel …"

Helena betrachtete das Foto des Hauses. Es war wirklich hübsch. Sie nickte und merkte sich vor allem den Namen der Schule, denn der musste unbedingt irgendwie in die Hände von Malte gelangen. "Can you write an e-mail to find out more about this family? **I like the sound of them**. Please give them my e-mail address."

"Yes, I'll do it later. First I want to look at all the families on the website. We should **contact** them as soon as we've made a decision, though, before somebody else books them." Ihre Mutter klang ganz aufgeregt. Fast als würde sie selber fahren.

Helena lief in ihr Zimmer und tippte Karolins Nummer in ihr Handy.

"Karo hier, wer da?"

"Ich bin's. Sag mal, siehst du die Möglichkeit, dass du oder sonst jemand Malte den Namen der Sprachschule steckt, auf die ich gehen werde?"

"Klar, kein Problem. Schick mir den Link per E-Mail, und ich sende ihm den einfach zu. Oder ich druck das aus und lass irgendein Girly aus der sechsten Klasse, das auf ihn steht, ihm das geben. Dann hat sie einen Grund, ihn anzusprechen!" Karolin kicherte. Sie hatte gut lachen, seit drei Wochen war sie quasi liiert mit Ludwig, genannt Lou, und schwebte im siebten Himmel.

Zwar sahen sie sich nicht sehr häufig, weil er immerzu mit seiner Band probte, aber jeden Abend telefonierten sie bis in die Nacht hinein. Karolin musste auch nicht so viel büffeln wie Helena, ihre Eltern waren längst nicht so streng. Karolins Zeugnis war zwar nicht so überragend wie Helenas, aber sie war trotzdem keine schlechte Schülerin und meilenweit davon entfernt, sitzen zu bleiben. Sie war zufrieden und ihre Eltern auch.

Helena fand im Internet bald den Link der Londoner Sprachschule und schickte ihn an ihre Freundin. Dann lehnte sie sich zurück in ihren Stuhl und atmete tief durch. Hoffentlich ging das gut.

Nachts träumte sie in einem Mischmasch aus Deutsch und Englisch von einer großen Stadt. Durch hoffnungslos überfüllte Straßen zog mit Fanfaren und Elefanten eine riesige Königin mit einem Stab, auf dem der Kopf eines toten Schweins befestigt war, fliegenumsurrt winkte sie dem Volk zu. Wilde Blicke richteten sich auf Helena und sie rannte durch eine grüne Gasse, an deren Ende ein Häuschen stand und davor eine Familie, die ihr zuwinkte und *Welcome to London* rief. Aber als sie sich näherte, waren ihre Gesichter voller Kriegsbemalung.

Helena erschrak und wachte auf. Es war Vollmond. Sie beschloss, sich nicht mehr verrückt zu machen, alles würde gut werden, und William Golding hatte schließlich den zweiten Weltkrieg miterlebt. Da war es kein Wunder, wenn er glaubte, dass das Böse in jedem Menschen schlummert. Vielleicht hatte er mit der Geschichte auch provozieren und seine Leser auf den Ge-

LONDON CALLING

danken bringen wollen, dass auch Gutes in jedem Menschen wohnt, genau wie in einigen Figuren? Und dass eigentlich jeder frei entscheiden kann, was er tut und was nicht? Helena seufzte. Das würde sie gerne in der Klasse mit den anderen diskutieren, aber sie sah schon das Gesicht von Miss Fetherston vor sich, wenn sie es wagen würde, so eine Frage zu stellen.

"So, what did you find out about the Lord of the Flies?" Streng schaute Miss Fetherston am nächsten Morgen in die Gesichter ihrer Schüler und Schülerinnen.

Lisa meldete sich stürmisch. "It's the beast in every human being; the sow's head is a symbol for that. But I don't agree with Golding! I can't imagine killing anybody! I don't think all human beings are evil inside, and only **law and order keeps** them **from** killing each other!"

Helena war entrüstet. Das waren genau ihre Gedanken gewesen! Miss Fetherston lächelte ihre Lieblingsschülerin erfreut an. "**Well done**, dear. What do the others think? Yes, Linda?"

> **law and order**
> Recht und Ordnung
> **to keep sb from doing sth**
> jdn davon abhalten, etw zu tun
> **Well done.**
> Gut gemacht.
> **cruelty**
> Grausamkeit
> **to take over**
> *hier:* sich durchsetzen
> **follower**
> Anhänger(in)
> **possibility**
> Möglichkeit
> **to be capable of sth**
> zu etw fähig sein

"I think the Lord of the Flies is a symbol of the **cruelty** that **takes over** in Jack and his **followers**, the hunters. Maybe the **possibility** of evil is there in all human beings. I think most people **are capable of** being just as cruel as the boys in the book, but maybe only **in certain circumstances**, like a war, or when they're afraid, or nearly **starving to death**. I mean, they're in a very **frightening** situation!"

"Very good!", lobte die Lehrerin. Zu gerne hätte Helena auch einmal solch lobende Töne aus diesem Munde gehört. Aber eigentlich wusste sie jetzt nichts Neues mehr zu sagen.

"Helena? What have you got to say?" Die Stimme ging ihr durch Mark und Bein. "Well, I had the same thoughts as Lisa. I really don't believe …"

"I'm not interested in your **beliefs**, my dear!", fauchte die Lehrerin. Einige kicherten. "You had some homework to do, Helena. Tell me what you found out about the title of our novel!"

"Oh, ähm …" Helena fiel nichts ein, aber auch gar nichts.

in certain circumstances	unter bestimmten Umständen
to starve to death	verhungern
frightening	beängstigend
belief	Glaube
Lost your tongue?	Hat es dir die Sprache verschlagen?

"**Lost your tongue**, have you?" Meine Güte, wie gemein diese Frau zu ihr war! Wieder wurde irgendwo gekichert. Helena fing an, William Golding zuzustimmen, zumindest, was Miss Fetherston betraf. Und sie spürte in sich eine unbändige Lust aufkeimen, dieser Frau mal so richtig in den Hintern zu treten. Oder besser, sie genauso zu behandeln, wie sie es mit ihr tat. War das Böse nun auch in ihr?

Helena fiel endlich etwas ein, was noch keins der beiden andern Mädchen gesagt hatte. Sie räusperte sich. "I found out that the 'Lord of the Flies' is a reference to the devil. It's a translation of the name Beelzebub, who is a devil in Hell." Miss Fetherston schwieg und sah sie erwartungsvoll an. Also redete Helena mutig weiter.

> to respect
> respektieren

"And by the way – I think killing a person is not the only kind of evil you can do. People are bad in different ways ..." Sie schaute ihrer Lehrerin fest in die Augen, und bevor die irgendetwas sagen konnte, fügte sie noch hinzu: "There are some characters in Golding's book who definitely show that people are capable of behaving differently, of deciding not to hurt anybody else but to **respect** others."

Die Lehrerin wollte etwas sagen, aber Karolin kam ihr zuvor.

"I think Golding wanted to show that people have to fight against the evil inside them, because sometimes it's easier to be bad than to be good." Karolin ließ ihren Blick durch die Klasse schweifen und die paar Kicherer von eben verstummten.

Glücklicherweise klingelte es jetzt, und Helena beeilte sich, aus dem Klassenraum zu entkommen.

"Hey, Lou und ich hatten gestern die Idee des Jahrhunderts."

"Ach ja? Schön für euch. Ich könnte diese Fetherston ..." Helena machte eine unmissverständliche Bewegung, indem sie beide Hände gegeneinanderdrehte.

"Kann ich verstehen, aber vielleicht legt sie ja jetzt mal den Schalter um und wird nachdenklich, das war wirklich gut, was wir heute gesagt haben." Karolin packte ihr Pausenbrot aus. "Willst du gar nichts von unserer Idee wissen?"

"Ich will grad gar nichts mehr wissen."
"Hm, schade, ich hab's schließlich für dich getan. Du solltest die Lehrer nicht so wichtig nehmen." Sie biss in ihr Brot.
Helena zuckte die Achseln. "Das sagst du so leicht. Aber schieß schon los, was hast du für mich getan?"
Karolin ließ ihr Brot sinken und redete mit vollem Mund und funkelnden Augen: "Lou hat sich diese Schulinformation auch angeguckt und er meinte, man könnte daraus doch eine super Pseudo-Werbekampagne machen. Verstehst du? Virales Marketing oder so nennt man das, hat er gesagt. Tja, und das haben wir dann gestern Abend angeschoben. Wir haben eine E-Mail geschrieben, dass wir die hipste Schule von London kennen. Lou hat das an all seine Freunde geschickt, und einer aus seiner Band sitzt neben Malte und hat es auch an ihn gemailt. Jetzt rate mal, wer umgehend mehr darüber wissen wollte?"
Helena hatte ihre Englisch-Lehrerin vergessen. "Malte??"
"Erraten!"
"Du meine Güte, seid ihr schnell! Damit hab ich noch gar nicht gerechnet!"
"Und eben hat mir Lou eine SMS geschickt, dass Malte ganz stolz erzählt hat, er wolle genau dort hin, die Schule sei obercool. Na, wie findest du uns?"
Helena umarmte ihre Freundin. "Mensch, wenn ich dich nicht hätte …", murmelte sie, wobei sie die Marmelade von Karolins Brot auf ihrer Jacke verschmierte. Aber das bemerkte sie erst viel später.
"Und das Beste ist", flüsterte Karolin, von einem Ohr

LONDON CALLING

bis zum anderen grinsend, "er hat nicht die geringste Ahnung, dass du dahinter stecken könntest."
Kichernd zogen die beiden über den Schulhof und Miss Fetherston hatte keine Macht mehr über Helenas Gedankenwelt.

Nach der Schule eilte Helena nach Hause, schaltete ihren Computer ein und checkte gierig die eingegangenen E-Mails. Bingo! Die Familie aus London hatte geantwortet.

> Dear Helena,
> Yes, we would love you to come and stay with us! By the way, we thought we should tell you that we've got a dog, too; we hope you're not allergic to them? We're sure you'll love Sir Henry – that's his name. We'll send you a picture of us all. If you come, you'll stay in our pink **guest room**. Do you like pink?
> It would be good if you could decide quickly, as we always have a lot of pupils who are interested in staying with us. When will you be coming? Please let us know as soon as possible so that we can **reserve** the room for you!
> **Best wishes** from Betsy, Tony, Alison and Andy Delaware.

guest room
Gästezimmer
to reserve
reservieren
best wishes
herzliche Grüße

Ogott, das hatte sie völlig außer Acht gelassen: Wann würde Malte überhaupt nach England fahren, in der ersten oder in der zweiten Ferienhälfte? In Helena stieg

Panik auf. Wie sollte sie das denn nun so schnell und unauffällig herausbekommen? Sie wählte die Nummer von Karolin, die gerade zu Mittag aß und die Ruhe selbst war.

"Kein Problem", sagte sie kauend. "Gib mir eine Stunde Zeit."

Helena stimmte zu, aber das war sicher die längste Stunde ihres Lebens. Glücklicherweise war Helenas Mutter noch in der Praxis. Freitags dauerte die Sprechstunde etwas länger, dafür kamen die Eltern dann zusammen nach Hause. Heute war Helena ganz dankbar, dass sie alleine war und im Haus herumgehen konnte, um ihre Nervosität abzureagieren. Das musste unbedingt alles geklärt sein, bevor ihre Eltern heimkehrten!

> **connections**
> Beziehungen

Endlich surrte das Handy. Karolin war offenbar immer noch beim Essen: "Hm, ja, also …"

"Spann mich nicht so auf die Folter! Hast du es rausgefunden oder nicht?"

"Klar, immer mit der Ruhe. Also: Er fliegt gleich zu Beginn der Ferien. Weil er danach mit seinen Eltern nämlich noch in die Karibik düsen muss, der Arme." Karolin kicherte, wie meistens.

"Du bist wirklich unglaublich!", rief Helena begeistert.

Karolin räusperte sich. "Ich sag nur eins: **connections**, baby!"

THE DECISION IS MADE

In der nächsten Englischstunde forderte Miss Fetherston Helena auf, an die Tafel zu gehen. "**If you would, please**, dear", säuselte sie. Das war kein gutes Zeichen, aber Helena versuchte, sich nicht beeindrucken zu lassen. "I want you to make a list of the different kinds of bad **behaviour** people use to hurt others. Do you understand the exercise?"

> **If you would, please.**
> Wenn ich bitten darf.
> **behaviour**
> Verhalten
> **to consider**
> berücksichtigen
> **to criticize**
> kritisieren
> **unfairly**
> ungerechtfertigt
> **prejudiced**
> voreingenommen

"Yes, thank you", sagte Helena und lächelte die Lehrerin an. Sie war doch nicht blöd. "I understand it very well."
In ihrem Gehirn arbeitete es wie verrückt. Sie schrieb:
*Judging someone without knowing the person well enough.
Laughing at someone.
Comparing someone with others without **considering** that people are different.
Criticizing someone **unfairly**.
Being **prejudiced** towards someone.*

"I see. Do you think giving someone bad marks is a bad thing too?", fragte Miss Fetherston und wendete ihren Blick nicht von ihr.
"Well ..." Helena war klar, dass sie sich jetzt nicht provozieren lassen durfte. Diese Lehrerin hielt sie offenbar für blöd und probierte eine hinterhältige Methode aus, um sie fertig zu machen. Fieberhaft suchte Helena nach einer Formulierung, um einerseits die Wahrheit zu sa-

gen, die Lehrerin aber andererseits nicht anzugreifen.
"Well, I think **it depends**. If someone is just lazy, I suppose it's okay as long as that's the only reason. But if somebody is just a bit slow understanding something, I think it would be better to give them some **advice** on how to improve, instead of just giving a bad mark which won't actually help them. But I don't really know; I've never thought about this, Miss Fetherston, I'm sorry. May I sit down, please?"

> It depends.
> Es kommt darauf an.
> advice
> Rat

Helena setzte sich, ohne eine Antwort abzuwarten.
Es kam auch keine. Miss Fetherston kommentierte nichts von all dem, was Helena gesagt hatte, sondern gab allen die Hausaufgabe: "Make a list of behaviour that could hurt you or others."
Aber wie unwichtig waren diese Überlegungen für Helena, als in der Pause plötzlich Malte auf sie zukam.
"Helena, ich hab gehört, du fährst in den Sommerferien nach England?"
Helena verschluckte sich fast. "Ja, meine Eltern bestehen darauf." Sie spielte die Genervte. "Eltern eben."
"Du, ich fahr auch! Ich habe da eine ganz tolle Schule gefunden, vielleicht interessiert dich das?"
Wie sollte sie denn darauf reagieren? Sie durfte keinesfalls so tun, als ob sie die Adresse von ihm annahm, er könnte ja dann vermuten, sie reise ihm hinterher. Sie imitierte ihre Mutter: "Oh, my parents have already found a great school they want me to go to." Das war gut. Jetzt musste sie nur noch die völlig Unwissende spielen. "Und wohin gehst du?" Als er ihr dann den Na-

men der Schule nannte, tat sie völlig überrascht. "Ich werd verrückt, wir besuchen die gleiche Schule! Vielleicht sehen wir uns dann ja ab und zu."
Malte lächelte sie an. Wahnsinn, was für ein Lächeln! "Na, das hoffe ich doch sehr! Vielleicht treffen wir uns ja im Flugzeug. Wann fliegst du denn?"
Helenas Ohren begannen zu glühen. "Gleich zu Ferienbeginn, aber einen Flug haben wir noch nicht gebucht", sagte sie so desinteressiert, wie es ihr irgend möglich war. Sie wagte kaum, ihm in die Augen zu sehen, aus Angst, er könnte merken, wie sehr sie sich freute.
Malte grinste noch breiter. "Na, das ist ja wirklich ein Zufall! Ich bin auch gleich am Anfang der Ferien dabei. Lass uns doch denselben Flug buchen. Ich geb dir meine E-Mail-Adresse, dann können wir die Termine abstimmen."
Er schrieb ihr seine Adresse auf eine alte Eintrittskarte von irgendeinem Konzert und verabschiedete sich.
Helena war sprachlos. Als Karolin, die alles aus sicherer Entfernung beobachtet hatte, zu ihr kam, hielt sie ihr nur diesen abgerissenen Zettel unter die Nase und stammelte: "Karolin, Hilfe! Er will mit mir zusammen fliegen!"

Der Frühling kam, und der gemeinsame Flug stand fest – Helena hatte ihre Eltern überredet, möglichst früh zu buchen, damit sie auf jeden Fall einen günstigen Flug bekäme. Dann hatte sie Malte ihre Flugdaten durchgegeben.
Miss Fetherston beobachtete Helena weiterhin argwöhnisch, hielt sich aber neuerdings mit ihren spitzen

Bemerkungen etwas mehr zurück. Dennoch blieb sie bis zu den Sommerferien bei der Note Zwei. Aber Helena ließ das ziemlich kalt und ihre Eltern ließen sie in Ruhe.

Irgendwann war es dann so weit. Endlich! Auf der Fahrt zum Flughafen machte Helena sich plötzlich Sorgen, ihre Eltern könnten zu guter Letzt doch noch stutzig werden, wenn sie am Flughafen Malte entdeckten. Sie erzählte also wie beiläufig, dass ein Junge von ihrer Schule auf dieselbe Sprachschule in London gehen würde.
"Well, that's nice, so you won't be all alone", war der Kommentar ihrer Mutter, die noch aufgeregter war als Helena. "But you shouldn't spend too much time together, otherwise you'll speak German all the time."
Das war also ihre einzige Sorge. Helena atmete auf. Auch der Vater schöpfte keinen Verdacht. *Vermutlich halten sie mich noch für zu jung, um mich zu verlieben,* dachte sie und grinste in sich hinein.
Eine Viertelstunde später stand sie am Check-in-Schalter mit ihrem großen Koffer und einem Rucksack, in dem nicht nur Essen für mindestens zwei Tage steckte, sondern auch reichlich Literatur über London, natürlich auf Englisch, natürlich von ihrer Mutter. Malte war nirgendwo zu sehen. Sie gab das Gepäck auf, nahm ihre Bordkarte in Empfang, verabschiedete sich von den Eltern und ging allein durch die Kontrolle. Als sie außer Sicht war, schaute sie sich um. Wo blieb Malte?
Erst kurz vor dem Einstieg ins Flugzeug kam er angerannt. Er überholte die anderen in der Schlange und

ließ seinen Rucksack neben Helena fallen. Dafür kassierte er ein paar böse Blicke, die er aber gar nicht bemerkte.

"Gut, dass wir einen Billigflug haben, da kann man sich die Plätze aussuchen. So können wir uns nebeneinander setzen, obwohl ich so spät dran bin", sagte er außer Atem.

"Super", sagte Helena. Fieberhaft begann sie zu überlegen, worüber sie jetzt eigentlich mit ihm reden sollte. Aber ihr wollte einfach nichts einfallen. Sollte sie ihn nach seinen Hobbies fragen? Das war doch total bescheuert, oder?

Im Flugzeug überließ er ihr großzügig den Platz am Fenster.

on behalf	im Namen
crew	Besatzung
aboard	an Bord
to fasten	anschnallen
seat belt	Sicherheitsgurt
switched off	ausgeschaltet

"**On behalf** of our captain and the **crew** we would like to welcome you **aboard** our Boeing 707. Our flight to London Luton will take one hour and forty minutes. Please **fasten** your **seat belts** and check your mobile phones are **switched off** …", leierte eine Stimme aus dem Lautsprecher.

Helena war ziemlich nervös. Malte saß neben ihr und ihr fehlten die Worte. Totale Ebbe im Gehirn. Wo war nur dieser verdammte Sicherheitsgurt? Saß sie etwa darauf?

Malte beugte sich über ihren Schoß und half ihr, das andere Ende unter dem Sitzpolster herauszufummeln. Helena schloss für einen Moment die Augen, um seinen Duft einzuatmen. Meine Güte, er roch so unglaublich gut, am liebsten hätte sie ihn sofort angeknabbert.

"In case of **turbulence** …"

In Helenas Ohren rauschte es, die Turbulenz fand in ihrem Kopf statt.

"… If it's not working, blow into this **tube** …"

Während die Stewardess die Funktionsweise der Schwimmweste erklärte, hatte Helena nur diesen Duft in der Nase, diesen Malte-Duft.

"If there's anything you need, please don't **hesitate** to ask one of the crew members."

Niemand konnte ihr jetzt noch helfen. Jetzt musste sie allein klarkommen, sie hatte sich diese Situation schließlich selbst eingebrockt. Worüber sollte sie jetzt die ganze Zeit mit ihm reden?

"We are now ready for take-off. We **wish** you a very **pleasant** flight."

Während das Flugzeug zur Landebahn rollte, beschleunigte und abhob, schaute Helena aus dem kleinen Fenster. Malte war sehr nah gerückt, um ebenfalls die immer kleiner werdende Stadt von oben zu betrachten. Helenas Herz klopfte wild. So nah war sie Malte noch nie gewesen, jetzt könnte sie ihn ganz einfach küssen! Aber natürlich wäre das total daneben.

turbulence	Turbulenz
tube	Schlauch
to hesitate	zögern
to wish	wünschen
pleasant	angenehm

Als sie über den Wolken waren, rückte Malte wieder von ihr ab und setzte sich in seinem Sessel zurecht. Fieberhaft durchsuchte Helena ihren Rucksack nach dem Buch, um sich abzulenken. Sie begann darin herumzublättern.

THE DECISION IS MADE

*London is the capital of Great Britain and its biggest city. It is more than **two thousand** years old. Before the city was built there were only a few farms where London is now, but there were always small villages situated along the **Thames**, which was about three times wider than today. Then Julius Caesar and the Romans came to England …*

"Was liest du denn da Spannendes?"

"Oh, ein Buch über die Geschichte von London."

Sie versenkte sich wieder in ihre Lektüre. Hoffentlich bemerkte er die Schweißausbrüche nicht, die sie gerade heimsuchten.

> **two thousand**
> zweitausend
> **Thames**
> Themse

"Was zum Lernen? Wir haben doch Ferien!"

Fand er es etwa blöd, dass sie las? Helena wollte das schnell richtigstellen. "Ich dachte, dann habe ich gleich etwas, worüber ich mit der Gastfamilie reden kann, was meinst du?" Sie schaute ihn unsicher an.

Er runzelte die Stirn und schürzte die Lippen wie zu einem Kuss. Allerdings war das wohl nur Ausdruck seines Nachdenkens. "Ist vielleicht gar nicht so dumm. Dann macht man jedenfalls schon mal einen guten Eindruck. Kann ich mitlesen? Oder halt, ich weiß noch was Besseres: Lies mir vor, okay?" Dann schloss er die Augen und sah dabei einfach nur gut aus. Eine lange, blonde Haarsträhne hing ihm wie immer locker im Gesicht und seine Haut war so rein wie die eines Babys, ohne einen einzigen Pickel. Vorlesen? Na klar, das war eine ihrer leichtesten Übungen.

"The first **wooden bridge** in London was built by the

Romans. They wanted to be able to cross the river with their elephants. The Roman name for London was Londinium. They **founded** the city in the year 43 A.D. After about four hundred years the Romans left and Londinium was almost **abandoned**. It was like a **ghost town**. After that the Saxons took over the south of Britain …"

"The Saxons?" Malte grinste. "Klingt wie eine Boygroup, cooler Name."

"Ich glaube, die meinen die Sachsen, die haben London übernommen", sagte Helena betont nebenbei. Sie wollte nicht altklug wirken.

"Na klar, Mensch. Dachtest du, das weiß ich nicht?"

Wie peinlich war das denn! Natürlich wusste er das! Schnell starrte Helena wieder ins Buch. Allerdings fand sie die Stelle nicht gleich wieder und las einfach irgendwo anders weiter.

wooden bridge	Holzbrücke
to found	gründen
abandoned	verlassen
ghost town	Geisterstadt
extremely	extrem
to ferry across	übersetzen

"The River Thames was very important to Londoners, who used it for cooking and drinking and washing. However, ships from all over the world came up the river from the sea, so the water was **extremely** dirty. Small boats were used to **ferry** people **across**, as there was only one bridge."

Malte seufzte. Ob er sich langweilte? Das war ja alles auch nicht gerade wahnsinnig interessant. Gab es nicht irgendwo noch etwas Spannenderes über Großbritanniens Hauptstadt? Sie blätterte ein paar Seiten weiter und fand etwas.

THE DECISION IS MADE

prison	Gefängnis
beheaded	geköpft
deadly	tödlich
disease	Krankheit
plague	Pest
death	Tod
in fact	in Wirklichkeit
to spread	verbreiten
flea	floh
homeless	obdachlos
to move	umziehen

"The Tower of London was built in 1078. It was used as a **prison** and …" Wieder seufzte Malte. Sie schaute ihn einen Augenblick lang an. Magisch fühlte sie sich zu ihm hingezogen – und wandte sich schnell wieder ab.
"Many prisoners were **beheaded** …"
"How interesting", seufzte Malte und ließ den Kopf zur Seite gleiten.
Helenas Augen flogen über die Seiten auf der Suche nach etwas, das ihn interessieren könnte.
"In 1665 London was hit by a **deadly disease**: the **plague**, also known as the Black **Death**. It was not the first time, but this was the worst. More than a hundred thousand people were killed. It was thought that cats and dogs carried the disease, so people killed them, but **in fact** it **was spread** by **fleas** that lived on rats, and there were many rats in London in those days. One year later most of the city burned down in the Great Fire of London, making thousands of people **homeless**. The fire started in a bakery in Pudding Lane."

Helena musste kichern. Pudding Lane war ein zu komischer Straßenname. Sie schaute auf. War Malte etwa eingeschlafen? Es sah fast so aus. Sie las etwas leiser weiter.

"King William III **moved** from Buckingham Palace to Kensington because the River Thames was so dirty he couldn't stand living near it."

Helena stutzte. Kensington – das war doch der Stadtteil, in dem ihre Gastfamilie wohnte.

"He and his wife Maria lived in Kensington, and this part of London immediately became an **upper-class** neighbourhood. In 1901 Queen Victoria, who was born in Kensington Palace, **named** it the **Royal Borough** ..."

"Would you like a drink, madam?"

Helena zuckte zusammen, als die Stewardess mit ihrem Wagen auftauchte. Malte rührte sich nicht. Er schlief offenbar tatsächlich. Ein bisschen sauer

upper-class	vornehm
to name sth	etw benennen
royal	königlich
borough	Stadtbezirk

war sie schon darüber, also sagte sie etwas zu laut: "Oh yes, please, I'd like an orange juice."

Malte riss die Augen auf. "Oh, hab ich irgendwas verpasst?" Er sah sich um, wie um sich zu vergewissern, wo er war. "Hast du was gesagt?"

"Ja, aber nicht zu dir, sondern zu der Stewardess. Ich habe nämlich Durst." Helena lehnte sich zurück, klappte das Buch zu und ihr Tischchen auf. Ende der Vorlesung.

"Here's your juice. One pound ninety, please."

Was? Das kostete etwas? Natürlich, ihre Mutter hatte ihr das doch noch gesagt und sie hatte ihr für den Anfang englische Pfundnoten mitgegeben! Helena suchte in dem vollgestopften Rucksack nach ihrem Geld. Wo war nur dieses blöde Portemonnaie? Irgendwo ganz unten vermutlich. Es half nichts, sie musste den Rucksack auspacken.

Malte neben ihr grinste breit. "Hey, du hast ja Vorräte für zwei Wochen Wanderschaft durch die Wüste, was hast du vor? Meinst du, die haben in London nichts zu essen? Oder ist das englische Essen so übel, dass du alles mitnehmen musst?" Während er redete, hatte er einen Schein aus der Jeanstasche hervorgezogen und ihn der Stewardess gereicht. "Lass nur, ich lad dich ein."

Helena war wütend auf sich selbst. Wieso hatte sie das nicht vorher bedacht? Sie packte alles wieder ein, aber dummerweise ging der Rucksack jetzt nicht mehr zu.

"The London Underground opened in 1863. Wow, so alt ist die Londoner U-Bahn?" Malte hatte sich das Buch geschnappt, während Helena mit dem übervollen Rucksack kämpfte.

"Ich glaube, die Londoner U-Bahn war sogar die erste der Welt." Das hatte ihre Mutter erzählt.

"Hm", war Maltes Kommentar. Er schien nicht besonders beeindruckt von ihrem Wissen zu sein. Oder er zeigte es nicht.

Endlich schaffte sie es, den Rucksack zu schließen. Doch die nächste Katastrophe folgte, als sie sich wieder aufrecht hinsetzen wollte. Dabei stieß sie gegen ihr Klapptischchen und das Glas Orangensaft kippte um. Das Fiese an Orangensaft ist, dass er klebt wie verrückt. Und an Wechselwäsche hatte selbst ihre Mutter nicht gedacht. Die Stewardess brachte einen Stapel Servietten und einen neuen Orangensaft. Helena stand auf, quetschte sich an Malte vorbei und lief zur Toilette. Halb weinend, halb fluchend und wütend auf sich selbst rubbelte sie an ihrer Hose und dem neuen T-Shirt herum, was alles nur noch schlimmer machte. Sie hatte den ganzen gemeinsamen Flug vermasselt. Malte würde sie nun mit Sicherheit für komplett bescheuert halten.

Wider Erwarten lächelte er sie mit seinen strahlend blauen Augen an und tröstete sie während des restlichen Fluges, indem er seinen Arm um ihre Schulter legte und sie an sich zog. "Entspann dich einfach ein bisschen und schau dir die Wolken von oben an. Bald sind wir da und du kannst dich umziehen."

Und so lehnte sich Helena an Maltes Schulter, sog seinen Duft tief ein und versuchte sich zu entspannen, was nicht so einfach war. Aber so hatte das ganze Malheur wenigstens etwas Gutes.

ALL ALONE IN ENGLAND

Nach der Landung schoben sich die Gäste aus dem Flugzeug, liefen zum Flughafengebäude und begaben sich zur Gepäckausgabe. Kaum hatten sie Sperre und Passkontrolle überwunden, wurde Malte auch schon von einer Gruppe Menschen in Empfang genommen und abtransportiert.
"Bye, tschüs! See you on Monday", hatte er noch gerufen. Und dann war er plötzlich weg.

> **impression**
> Eindruck
> **awfully**
> furchtbar

Helena fühlte sich wie in einem schlechten Traum. Sie stand da und konnte weit und breit niemanden entdecken, der aussah wie ihre Gastfamilie. Um sie herum herrschte ein buntes Treiben, aber sie fühlte sich so allein wie nie zuvor. Was sollte sie tun, wenn ihre Gastfamilie nicht kam? Sie hatte nicht einmal Maltes Adresse in London! Sie hockte sich auf den Koffer, stellte den Rucksack neben sich ab und wartete.

Erst eine halbe Stunde später rannte ein Mann mit wehendem Trenchcoat und einem laut bellenden Mischlingshund auf sie zu. Mr Delaware. Endlich!

"I'm so sorry – we had some trouble at home and then there was so much traffic I thought I'd never make it. But now I'm here, finally. I hope I haven't given you a bad first **impression**. I'm **awfully** sorry. First, let's say hello: I'm Mr Delaware, but you can just call me Tony. You must be Helena. I recognized you immediately from the photos you mailed. And this is Sir Henry."

Mr Delaware redete ohne Punkt und Komma und Helena nickte dazu, schüttelte seine Hand und nickte wieder. Immerhin verstand sie das meiste. Eine ihrer größten Sorgen war gewesen, dass sie nichts verstehen würde. Er klang trotzdem ganz anders als Miss Fetherston.
"All right then, let's go. My family is waiting for you, and my wife is making a very special English dinner for us all. That's why she couldn't come with me to pick you up. Let me take your suitcase."
Der Hund namens Sir Henry sprang pausenlos um sie herum. Helena war sich nicht sicher, ob sie ihn mochte, so wild, wie er war.
"He's very young, you see; he'd like to play now, he's been sitting in the car with me for an hour."
Über eine Stunde Autofahrt mit diesem Mann allein. Und über was redet man dann so? Über die Pest in London? Helena fühlte sich sehr unsicher.
Natürlich stieg sie zuerst aus Versehen auf der falschen Seite des Wagens ein. Sie stutzte, bis ihr einfiel, dass bei englischen Autos wegen des Linksverkehrs das Steuer rechts war. Mr Delaware bekam das glücklicherweise gar nicht mit, weil er gerade ihren Koffer hinten im Kombi verstaute und Sir Henry, der offensichtlich keine Lust verspürte, ebenfalls dort hineinkommandierte. Dann fuhren sie los.
"How was the flight? Was it okay?"
"Yes, thanks, Mr Delaware."
"Oh, please call me Tony."
"Okay: Tony. The flight was fine. Nothing much happened." Natürlich war das gelogen. Sie dachte an

ALL ALONE IN ENGLAND

Malte. "A friend of mine was on the plane. We're going to the same **language school**."

"Oh, that's nice! Where's he staying in London?"

Sie hob die Schultern. "I've no idea."

"Well, you'll find out on Monday." Mr Delaware seufzte. "The **drive** home is very boring, **I'm afraid**. There's nothing interesting to see for quite a while. But we're lucky: it's been raining for days now, but just today the sun came out and we've had lovely blue skies. So we can **have a good time** this weekend before your school starts on Monday. By the way, do you like English food?"

"I don't know, really", musste sie ehrlich zugeben.

Mr Delaware schaute sie kurz von der Seite an und verzog sein Gesicht genießerisch. "Oh, you'll love it. Everyone thinks we eat fish and chips all the time, but nobody seems to know about other traditional dishes like sausages and **mash**, **not to mention** all the different **pies** – **shepherd's pie**, for example. Well, you'll **get to know** it all. But we also cook Italian food. My wife loves pizza and pasta, and salads too. Do you like Italian food?"

"Yes, I do, especially lasagne."

Helena schaute aus dem Fenster in eine triste Landschaft, sie passierten Fabrikgebäude und kleine Vororte, die alle gleich aussahen, bis sie auf einmal mitten in London waren.

---

language school
Sprachschule

drive
Fahrt

I'm afraid
fürchte ich

to have a good time
Spaß haben

mash
Kartoffelbrei

not to mention
geschweige denn

pie
Pastete

shepherd's pie
Pastete nach Schäferart

to get to know
kennenlernen

"Look, this is Victoria Station on the left. Very famous."

Aber Helena interessierte sich viel mehr für die roten Doppeldeckerbusse, die hier überall herumfuhren, und die vielen schwarzen Taxis. Sie kam sich vor wie in einem alten Film.

"Do you like our buses? Tourists love them, and the old telephone boxes too." Er zeigte auf zwei rote Telefonzellen an einer Ecke.

Helena nickte. Genauso hatte sie es auf Bildern gesehen.

"And over there's Hyde Park and Speakers' Corner", kommentierte Mr Delaware. "The park was **originally** a **hunting area**, but now it's open to the **public**. It's huge, you'll see. We always go there with Sir Henry."

originally	ursprünglich
hunting area	Jagdgebiet
public	Öffentlichkeit
to get somewhere	irgendwohin kommen
any minute	jeden Moment
loo	Klo

Als er seinen Namen hörte, bellte der Hund laut. Vielleicht dachte er, es ginge jetzt in den Park – aber er musste sich noch eine Weile gedulden, bis sie Kensington erreichten. Helena spürte ihre Blase und ärgerte sich, dass sie während der Wartezeit am Flughafen nicht zur Toilette gegangen war. "How long will it take to **get** to your house? Is it far?"

Mr Delaware schüttelte den Kopf. "Oh no, we'll be there **any minute**. Are you hungry?"

"No ... well, yes, but to be honest, I need to go to the **loo** ..."

"Ah, I see. I'll do my best."

Er bog in eine kleinere Straße ein, in der sich ein Ge-

ALL ALONE IN ENGLAND

schäft an das andere reihte, ab und an unterbrochen durch kleine Restaurants und Cafés.

"This is Bayswater", erklärte Mr Delaware. "We're nearly home now."

Als sie am Ziel waren, erkannte Helena die Straße nach dem Foto wieder, dass sie vorab per E-Mail bekommen hatte, ebenso das Haus. Mr Delaware parkte direkt davor und entließ den wild bellenden Sir Henry aus dem Kofferraum.

> **urgently**
> dringend

Fast gleichzeitig öffnete Mrs Delaware die Tür des Hauses und eilte ihnen entgegen. Wie befremdend das war, zu einer Familie zu kommen, um dort für drei Wochen zu leben, als sei man zu Hause. Helena kam sich irgendwie fehlplatziert vor.

"There you are! Helena dear, welcome to London. Did you have a good journey?"

Helena nickte. "Yes, thank you, Mrs Delaware."

"Oh, please call me Betsy."

Mrs Delaware war eine gut aussehende, offenbar noch recht junge, dunkelhaarige, schlanke Frau, die in knallroten Pantoffeln vor Helena stand und ihre Arme ausbreitete. Sollte sie sie etwa umarmen? Nein, das würde sie auf keinen Fall tun, sie kannten sich doch noch gar nicht.

"Excuse me, Mrs ... sorry, Betsy ... I **urgently** need to go to the bathroom."

"Oh, I'm sorry, dear, I didn't even ask! Of course – come in and I'll show you where it is."

Helena betrat das Haus und stand in einer beeindruckenden Halle mit überdimensionalen Blumenmotiven auf den Tapeten. Staunend sah sie sich um. Ein riesiger Spiegel prangte über einer antiken Kommode. Der Spiegel sah fast aus wie ein Bullauge, die Fläche war gebogen, dadurch sah man alles wie durch ein Weitwinkelobjektiv.

Mr Delaware brachte gerade, gefolgt von Sir Henry, Helenas Koffer die Treppen hinauf, als ein Junge an ihm vorbeisprintete, ein quietschgrünes Spielzeuggewehr in den Händen. Er legte an, zielte auf seine Mutter und Helena, die immer noch dicht nebeneinander standen – und drückte ab. Ein Wasserschwall ergoss sich über die beiden. Der Junge rannte lachend die Treppe wieder hinauf und eine Tür knallte ins Schloss.

"Andy! Are you mad? Can't you see that our guest's arrived? Come down immediately and say sorry!" Die Mutter stand mit tropfend nassen Haaren da, die Hände in die Hüften gestemmt, und sah verärgert die Stufen hinauf.

Helenas T-Shirt war klatschnass. Glücklicherweise war es warm und sie fror nicht, aber sie fühlte sich schrecklich. Plötzlich erinnerte sie sich an die Szenen aus *Lord of the Flies*, als die Kinder sich gegenseitig zu jagen beginnen. Was mach ich hier bloß?, dachte sie unsicher. Außerdem würde ihre Blase gleich platzen. Aber sie traute sich nichts zu sagen, weil Mrs Delaware grade so wütend war.

"Andy?! We're waiting for you! Come down right now!"

Endlich öffnete sich oben eine Tür und der Übeltäter kam mit hängenden Schultern die Treppe hinunter, den Blick zu Boden gerichtet.

Mrs Delaware hielt sein Kinn hoch und sah ihm in die Augen. "What's happening here? First your sister behaves badly, and now you? Well, no TV for you tonight, is that clear?"

Andy zog einen Flunsch und blinzelte verstohlen in Richtung Helena. "Sorry."

Helena, die nur so schnell wie möglich zur Toilette wollte, lächelte ihn verzeihend an. "No problem. It was a nice shower after **such** a long journey."

such so go on mach weiter

Der Junge zog seinen linken Mundwinkel in Richtung Ohr, was wohl so etwas wie ein Grinsen andeuten sollte.

"Well, aren't you lucky that we've got such a nice guest. Say hello", befahl Mrs Delaware ihrem Jüngsten.

"Hello", sagte er brav.

"Well, **go on**, tell her your name,", erinnerte ihn Betsy Delaware, um deren Mundwinkel nun ebenfalls ein kleines Lächeln spielte. Sie war also keine Mutter, vor der man Schlimmes zu befürchten hatte, und sie besaß Humor, dachte Helena erleichtert.

"My name's Andy. What's yours?"

Helena hielt ihm ihre Hand hin. "Hi, my name's Helena." Andy gab ihr seine, und das war ein Fehler, denn diese Hand klebte noch mehr als der Orangensaft aus dem Flugzeug. Wie sah sie überhaupt aus? Plötzlich schämte sich Helena. Der riesige Saftfleck, das nasse T-Shirt, die klebrige Hand. Sie musste jetzt endlich …

"Where's your sister?" Mrs Delaware sah ihren Sohn fragend an.

Der zuckte nur die Schultern.
"Go and get her, I want her to welcome Helena too."
"Aye-aye, Mum", erwiderte der Sohn und flitzte die Treppe hinauf. Er war wohl froh, dass er wegkam, dachte Helena.
In dem Augenblick kam Mr Delaware die Treppe hinunter. "Do you want to see your room now? The Pink Palace, as we call it?"
"Well, yes, but ..."
Weiter kam Helena nicht, denn da tauchte hinter Mr Delaware ein Mädchen auf, das einen erstaunlichen Anblick bot. Sie hatte schwarz und grell pink gefärbte Haare und nicht die geringste Ähnlichkeit mit dem eher braven Mädchen auf den freundlichen Familienfotos! Schwarz umrandete Augen, drei zerrissene T-Shirts übereinander, ein rot karierter Rock, nur unwesentlich breiter als ein Gürtel, und darunter ein Paar kniehohe schwarze Lederstiefel mit zahllosen Schnallen. Um den Hals trug sie ein Hundehalsband und um die Hüfte eine Hundekette. Ob das ursprünglich Utensilien von Sir Henry waren, der jetzt völlig ausgelassen an ihr hochsprang und aufgeregt bellte?
"Leave me alone, Sir Henry, stop it!", raunzte das Mädchen den Hund an, der umgehend von ihr abließ.
Helena bemerkte, dass ihr Mund sperrangelweit offenstand. Hoffentlich hatte das keiner bemerkt, schließlich war Punk auch nur eine Mode.
"Hi. I'm Alison", sagte das Mädchen. "Welcome to London."
Und ehe Helena sichs versah, war Alison auch schon wieder weg.

ALL ALONE IN ENGLAND

"Hi, I'm Helena", rief Helena noch hinter ihr her. Dann aber wandte sie sich an Mrs Delaware. "Please …"
"Yes, my dear, I know. She **completely** changed her **look** a few months ago. The photos we sent were taken before that. I hope you don't mind. It's not a very pretty look, I must **admit**, but I suppose it's up to her. She's a really nice girl, though, honestly. Oh …" sie schnupperte. Jetzt nahm auch Helena einen leicht angekokelten Geruch war. "Oh God! My shepherd's pie!" Eilig lief Mrs Delaware in die Küche.

> completely
> total
> look
> Aussehen
> to admit
> zugeben

"Mr Delaware … ", begann Helena in ihrer immer größer werdenden Not.
"Tony, Helena; just call me Tony."
"Oh yes, sorry, Mr Tony, please, where is the ba…"
"Oh no! The shepherd's pie is completely ruined! I'm awfully sorry, Helena!", rief Mrs Delaware aus der Küche.
Helena war das Essen aber vollkommen gleichgültig, wenn sie jetzt nicht endlich aufs Klo konnte, dann würde eine Katastrophe passieren!
"Please!", rief sie aus. "I really need a toilet, now!"
Mr Delaware stutzte und riss dann sofort – endlich! – die Tür zu einer Gästetoilette auf, die nur zwei Meter von ihr entfernt war. "I'm so sorry, I forgot! Here it is! If you need anything else, don't hesitate to ask."
Helena rannte in den kleinen Raum, der komplett von oben bis unten mit einem roten Teppich tapeziert und ausgelegt war, und … die Erlösung! Es hätte keine Sekunde länger dauern dürfen.

ALL ALONE IN ENGLAND

"Alison, you don't **fancy** giving me a hand preparing another dinner, do you?" Betsy Delaware stand am Fuß der Treppe und rief nach ihrer Tochter, als Helena aus der Toilette kam. Sie hatte sich die klebrigen Hände gewaschen, und wenn sie jetzt noch ihr T-Shirt wechseln konnte, würde sie sich bestimmt gleich wieder wie ein Mensch fühlen.

"Not now, you should have told me earlier!", schrie Alison aus ihrem Zimmer.

"Well, I didn't know earlier, did I?", erwiderte ihre Mutter ebenso lautstark. "Come down and help me **clear the table**, at least!"

"Not now!", kam energisch zurück.

to fancy doing sth	Lust haben, etw zu tun
to clear the table	den Tisch abräumen
favour	Gefallen
We've just run out.	Sie sind uns grade ausgegangen.

Betsy Delaware lächelte Helena an. "Well, I guess we'll have to go out for dinner. But let me show you your room first."

Helena folgte ihr die Treppe hinauf, an einem Zimmer vorbei, aus dem Musik zu hören war. Ihre Mutter klopfte an die Tür. "We'll be going out to eat soon, Alison. Sorry you can't join us. If you have time, could you do me a **favour** and go down to the shop to buy some potatoes? **We've just run out.**"

Die Tür wurde aufgerissen. "Why didn't you think of that when you went shopping today?"

Ihre Mutter lächelte. "I did, and I used them for the shepherd's pie, but I've ruined it. I'm awfully sorry …" Sie zuckte entschuldigend mit den Schultern.

Helena war es peinlich, mitten in diese Streiterei geraten zu sein, aber irgendwie war es auch interessant.

Alison schien gerade keine Argumente mehr zu haben. Sie rang sich für Helena zu einem Lächeln durch. "So, do you like your flower-power room?"

"Oh, I don't know, I haven't seen it yet", erwiderte Helena so freundlich wie möglich, obwohl sie dieses Mädchen gerade eher schrecklich fand. Sollte sie sich ihre falsche Freundlichkeit doch sonstwohin schieben.

"Oh, and when you go down to the shop, Alison, **you might as well** throw away the **waste paper**. There's a **pile** of newspapers and magazines in the hall, and …"

"Mum, you can take the paper to the recycling on your way to Alfred's. I suppose that's where you're going, isn't it?"

"No, Alison, this is one of your **chores** and I want you to do it. *Alfred's* is a good idea, but I want Helena to see her room first."

you might as well	du könntest genauso gut
waste paper	Altpapier
pile	Stapel
chore	Aufgabe

Alison schloss die Tür lauter als nötig und ihre Mutter führte Helena noch eine Etage höher. "This is your own bathroom …" Sie öffnete die Tür zu einem kleinen, freundlichen Badezimmer und dann gleich noch eine gegenüber. "And this is the pink flower-power room."

Helena verschlug es beim Anblick des Zimmers für einen Moment die Sprache. Rosa, rot und weiß waren die einzigen Farben in diesem Raum, rosa Wände mit überdimensionalen weinroten Rosenmustern darauf, rot-weiß gestreifte Bettwäsche, alle Möbel weiß und neben ihrem Bett auf einem Tischchen eine rosa Vase, in der weiße und rote Rosen steckten.

"Wow, it's beautiful!", strahlte sie.

Betsy lächelte erfreut. "I love it too – in fact, I designed it. I'm **glad** you like it. And you have a nice view from here, look!"

Helena blickte aus dem Fenster direkt in den Garten, in dem sich Mr Delaware gerade auf einem Gartenstuhl niedergelassen hatte und Sir Henry kraulte.

"I love flowers, you know. Especially roses of all colours, but also **tulips**, sunflowers, **irises** – I just **adore** them. I'll leave you alone for a minute, but we'd like to **take** you **out to dinner** soon – if you don't mind, that is?"

"Oh no, that would be great. Thanks a lot, Mrs Delaware."

"Betsy, please."

"Okay, Betsy." Helena lächelte ihre Gastmutter an, obwohl sie sich mit dem Gedanken, sie einfach beim Vornamen zu nennen, nicht recht anfreunden konnte. Das ging ihr alles zu schnell. Sie war erleichtert und atmete tief durch, als sie endlich allein war,

glad	froh
tulip	Tulpe
iris	Schwertlilie
to adore sth	etw über alles lieben
to take sb out to dinner	jdn zum Essen einladen
dirt	Dreck
carrier bag	Plastiktüte

und ließ sich auf das Bett fallen. Den Koffer auspacken konnte sie auch später noch. Sie lauschte der Musik aus Alisons Zimmer, konnte sogar die Worte verstehen: *Have you seen the old girl who walks the streets of London, **dirt** in her hair and her clothes in rags? She's no time for talking, she just keeps right on walking, carrying her home in two **carrier bags** ...*

Das Lied kannte sie. *The Streets of London* hieß es, aber von wem es war, das wusste sie nicht mehr. Ein ziemlich trauriges Lied war das, zudem wohl schon älteren Datums, zu einer Punkerin wie Alison schien es ihr gar nicht zu passen.

"Helena, Andy, come down please, would you?"

Schnell wühlte Helena in ihrem Koffer nach einem frischen T-Shirt und einer Hose.

Mr Delaware und seine Frau standen bereits in der Tür, als sie mit Andy nach unten kam. Unterwegs sprang Sir Henry wieder wie verrückt um sie herum und Andy schaute sie ab und zu neugierig von der Seite an. Aber sobald sie seinen Blick erwiderte, sah er weg.

Alfred's stellte sich als Pub in der Nachbarschaft heraus. So ziemlich alle hier schienen die Familie gut zu kennen und umgehend standen zwei Gläser Bier auf dem Tisch und eine Limonade.

"Here you are... Betsy, Tony, Andy, **how are you doing?** Is this your guest from Germany?" Der ziemlich beleibte Mann begrüßte nun auch Helena. "Welcome to London. What's your name?"

"Helena."

"You have a lovely name, Helena. I'm Alfred. What would you like to drink?"

"I'd like a mineral water, please." Sie wusste ja noch nicht einmal, was es hier gab!

Mrs Delaware schob ihr eine Karte über den Tisch. "Have a look and see what you'd like to eat. If you need help just ask."

"Beer **munchies** ... Do they **serve** them without beer?", erkundigte sie sich.

> How are you doing?
> Wie läuft's?
> munchies
> Snacks
> to serve
> auftischen

"Of course!" Andy grinste. "What would you like? **BBQ** chicken **wings**, **chilli** chicken wings with sour cream, nachos, ciabatta bread, **garlic bread**, or **crispy** potatoes with sour cream and sweet chilli **dips**?"

"Or would you prefer steak pie, chicken pie, golden brown crispy pie with British **beef**, onion and **ale gravy**, served with fries and salad?", las Mrs Delaware aus ihrer Karte vor.

"Or you could have chicken pieces with a cream, ham and **leek sauce**", sagte Mr Delaware. "Don't you dare order the shepherd's pie, though! Betsy can do it so much better!"

Andy beugte sich vor. "What about the **puddings**?"

"Wait a minute, Andy, let her choose a main course first", bremste ihn seine Mutter freundlich. Pudding Lane – Helena musste an den Straßennamen denken, an das Buch, das sie im Flugzeug gelesen hatte, und plötzlich fiel ihr Malte ein. Wie es ihm jetzt wohl ging?

"So, did you choose something?", Mr Delaware lächelte ihr zu. "If not, I **recommend** the BBQ chicken wings, they're delicious."

"And the crispy potatoes", fügte Andy hinzu.

Helena nickte. Egal was das alles war, sie würde es probieren.

"Now the puddings! They're delicious!", schwärmte

BBQ (= barbecued)	gegrillt
wing	Flügel
chilli	Chili
garlic bread	Knoblauchbrot
crispy	knusprig
dip	Soße
beef	Rindfleisch
ale gravy	Biersoße
leek	Lauch
sauce	Soße
pudding	Nachtisch
to recommend	empfehlen

ALL ALONE IN ENGLAND

Andy, ganz in seinem Element. "I like the **waffles** with vanilla ice cream and chocolate sauce, or the hot chocolate **fudge** cake, the sticky toffee pudding, and the bread and butter pudding. You can get them all with either ice cream or **custard**. I love them all!" Seufzend lehnte sich Andy zurück in das bequeme Sofa und strich sich mit der Hand über den Bauch. "I'm so hungry, Mum", jammerte er. Sir Henry jaulte, als wäre er ebenso hungrig, sprang mit einem Satz auf den Platz neben Andy und ließ sich dort nieder.

Mr Delaware bestellte eine ellenlange Liste verschiedenster Speisen, die Alfred schon nach kurzer Zeit heranschleppte. Helena schmeckte es ausgezeichnet. Wenn das so weiterging, würde sie hier sicher zunehmen, denn besonders die Nachspeisen, die sie natürlich alle zumindest probieren musste, schmeckten wirklich köstlich.

Später lag sie in ihrem Blumenbett und genoss das Alleinsein. Sie war zwar überrascht, wie viel Englisch sie doch verstehen konnte, aber so richtig draufloszureden traute sie sich noch nicht. Wie es wohl Malte erging mit seiner Familie? Sie konnte den Montag kaum abwarten.

Am nächsten Morgen ließ man sie ausschlafen.
"**First of all** we have to show her the Millennium Wheel", rief Andy dann beim Frühstück. Es gab **baked beans**, Rührei mit Speck und Toast.

---

waffle
Waffel

fudge
Fondant

custard
Vanillesoße

first of all
zuallererst

baked beans
gebackene Bohnen

"No, today I want to show her the Tower and St. Paul's Cathedral and ...", erklärte der Vater.
"I don't want to go there", maulte der Sohn.
"You don't have to. What about Alison, by the way?" Mr Delaware sah seine Frau an.
"I don't think she'll come with you", vermutete sie und sah ihren Mann beschwörend an.
Was ging hier vor? Hatte Alison etwas gegen sie? Helena wurde schon wieder unsicher.
"Well, **never mind**. I'll show you all the best places", entschied Mr Delaware.
"And I'll make another shepherd's pie for dinner", versprach Mrs Delaware – nein, Betsy. Helena schluckte. Sie würde nur mit Mr Delaware unterwegs sein, niemand sonst hatte Zeit oder Lust. Na das war ja ein toller Start.

> **Never mind.** Macht nichts.
> **raven** Rabe
> **to trim** stutzen
> **kingdom** Königreich
> **executed** hingerichtet

Es wurde dennoch ein interessanter Tag. Sie fuhr mit Mr Delaware durch London und stellte fest, dass es eine irgendwie faszinierende, aber teilweise auch hässliche Stadt war, mit einigen sensationellen Gebäuden. Sie besichtigten zuerst den Tower und Helena staunte über all die Raben, die hier herumhüpften.
"These are the **ravens**. They **trim** their wings, so that they can't fly away."
"Why do they do that?", wunderte sich Helena.
"King Charles II was warned that if the ravens left the Tower, the **kingdom** might fall!" Mr Delaware lächelte.
Ob er daran glaubte? Helena mochte ihn nicht fragen.
"Some very important people were **executed** on Tower

ALL ALONE IN ENGLAND

Green, like Anne Boleyn and Catherine Howard, two of the wives of King Henry VIII."

Als Mr Delaware ihr den idyllischen Platz zeigte, konnte sich Helena kaum vorstellen, dass hier derartige Grausamkeiten stattgefunden haben sollten. Wozu Menschen fähig sind, schoss es ihr durch den Kopf.

"Would you like to see where other people – I mean, less **privileged** people – were executed?"

Helena schüttelte angewidert den Kopf. "Not really." Sie konnte sich nicht für blutrünstige Hinrichtungen begeistern. Mehr Spaß machte ihr der anschließende Besuch von Madame Tussaud's Wachsfigurenkabinett.

"You can make J-Lo **blush**, if you want to!"

Sie wollte sich aber noch lieber mit Brad Pitt fotografieren lassen.

Auch hier gab es eine **Chamber of Horrors**. "We'd better not go there. It's really bloody; they have **live actors**, and sounds that **send shivers up** your **spine**", erklärte Mr Delaware.

Helena war froh, dass sie da nicht hineinmusste. Schon wieder fiel ihr der *Lord of the Flies* ein. Überall schien das Böse zu lauern, überall gab es Folter, Mord und Totschlag.

Als sie am späten Nachmittag vor St. Paul's Cathedral standen, war Helena fix und fertig. Jetzt war ihr auch klar, warum der Rest der Familie sich vor dieser Sightseeing Tour gedrückt hatte. Mr Delaware bekam anscheinend nie genug.

---

privileged
privilegiert
to blush erröten
chamber of horrors
Schreckenskammer
live actor
echter Schauspieler
to send shivers up one's spine
jdm kalte Schauder über den Rücken jagen

"This is the last of today's **highlights**: St. Paul's Cathedral. The architect who built it was a real **genius**. His name was Sir Christopher Wren. The cathedral was built right after the Great Fire. Do you know anything about the Great Fire?", hakte er nach.

Helena, die kaum noch zuhören konnte, nickte. "Yes, it started in Pudding Lane, is that right?"

Mr Delaware lachte. "Great, you seem to learn a lot about English history at school."

Helena nickte und erinnerte sich wieder an den Flug mit Malte.

"Did you also know that it's a symbol of Britain's **invincibility**? In World War II, when London was attacked by German bombers – we call it the Blitz – **bombs** fell nearby, but they never hit the cathedral. Doesn't that sound like a **miracle**?"

highlight	Höhepunkt
genius	Genie
invincibility	Unbesiegbarkeit
bomb	Bombe
miracle	Wunder
Whispering Gallery	Flüstergalerie
crypt	Krypta
dome	Kuppel

Helena nickte beeindruckt.

In der Kathedrale war es angenehm kühl. Sie war wirklich wunderschön, aber Helena hatte langsam keinen Blick mehr dafür.

"Let's go and have a look at the **Whispering Gallery**. And before we go home I want you to see the **crypt**."

Whispering Gallery? Crypt? Helena verstand nur Bahnhof und trabte müde hinter dem begeisterten Mr Delaware her.

"The Whispering Gallery runs around the inside of the **dome**. It's about a hundred feet above the cathedral

ALL ALONE IN ENGLAND

floor; that's more than thirty metres. There are two hundred and fifty-nine steps – I hope you're fit enough?"

Helena stöhnte und brauchte ungefähr zwölf Pausen, wobei sie sich über den überaus trainierten Mr Delaware wunderte, der die endlosen Stufen scheinbar mühelos erklomm. Endlich waren sie oben und Helena musste zugeben, dass es die Sache wert gewesen war. Was für eine Kuppel! Was für eine Aussicht!

"I want to show you something really **weird**. This place got its name because if you whisper against the wall at any **point** you can be heard by someone listening with their ear to the wall at any other point around the gallery. It only works for **whispers**, though – normal **speech** isn't **focussed** in the same way. You stay here and I'll go to the other side, then I'll whisper something – you'll see how it works!"

weird
seltsam
point
Stelle
whisper
Geflüster
speech
Rede
focussed
hier: scharf übertragen
by now
mittlerweile
exhausting
anstrengend
whenever
wann auch immer

Mr Delaware lief die Galerie entlang. An der gegenüberliegenden Seite angekommen, drehte er sich zur Wand. "Hello, Helena, I hope you like my city. I really love some of the architecture here, as you've probably realized **by now**. I hope this first day wasn't too **exhausting** for you. If you want, we can go for another sightseeing trip **whenever** you like. Can you hear what I'm saying?"

Es war verrückt, sie konnte tatsächlich jedes Wort verstehen! "I'm really tired, but it's been a wonderful day!", antwortete sie.

"I can't understand you, please whisper. If you speak normally it doesn't work", kam die Antwort.
Wie sollte man das begreifen? Wie funktionierte das und wer hatte sich das bloß ausgedacht? Sie flüsterte: "I like it very much. But I'm quite hungry and tired now, Mr Delaware."
"Oh, yes, of course! I expect my **better half** is waiting for us already with her shepherd's pie! Let's go home – we'll do the crypt another day."

> **better half**
> bessere Hälfte

Helena war erleichtert, und als sie in einem dieser genialen Doppeldeckerbusse auf dem Weg zurück in ihr Flower-Power-Schloss saßen, fielen ihr die Augen zu. Diese Whispering Gallery musste sie unbedingt mit Malte besuchen!

Am Sonntagabend war ihr Kopf voll mit Eindrücken von dieser wahnsinnigen Stadt und dem ebenso wahnsinnigen Mr Delaware. Alison hatte sie nicht zu Gesicht bekommen. Andy dagegen hatte erneut mit der Wasserpistole auf sie gezielt. Mrs Delaware blieb bei all dem wunderbar gelassen. Ihr Shepherd's Pie schmeckte zwar nach so ziemlich gar nichts, aber mit etwas Salz konnte man das überbackene Gemisch aus Kartoffelbrei und zerstampftem Fleischmatsch durchaus essen. Für ihre Mutter wäre das sicher nichts. Ach ja: Die rief natürlich an, um zu hören, wie es ihrer Tochter ging. Es ging ihr gut, aber sie konnte es kaum noch abwarten, Malte wiederzusehen.

Time for School

"Good morning, and welcome to our school. We hope you've been having a good time with your guest families."

Endlich war es so weit! Mrs Delaware hatte Helena am Montagmorgen im Bus zur Schule begleitet, die in einem großen Gebäude in Notting Hill untergebracht war.

"Hi Helena, **how are things?** Did you enjoy your first weekend in English?" Malte nahm sie zur Begrüßung in den Arm!

Sie kuschelte sich an ihn. "Yeah, I even dreamed in England last night."

Ihre Zweisamkeit wurde von den Lehrern abrupt unterbrochen.

"First of all we're going to do a little test so we can **split** you **up** into groups **according to** your **knowledge** of English."

> **How are things?**
> Wie geht's?
> **to split (split, split) up**
> aufteilen
> **according to**
> je nach
> **knowledge**
> Kenntnisse

Helena passte es natürlich gar nicht, dass sie sich jetzt schon wieder trennen mussten. Auch schwante ihr in dieser Minute, dass sie möglicherweise nicht in ein und dieselbe Klasse eingeteilt würden – und genau so kam es. Malte winkte ihr noch zu, als er mit seiner Gruppe in die entgegengesetzte Richtung ging.

"See you later!", rief sie ihm hinterher.

"I hope so!", rief er zurück. Dann war er verschwunden.

Und Helena saß schließlich neben einem großen Mädchen mit dicken blonden Zöpfen, die sie anstrahlte wie ein Honigkuchenpferd.

"Hello, my name is Fiona. I'm from **the Netherlands**. Where are you from?"

"Germany."

"Oh, where in Germany? I know **Munich**. I love all the different sausages you have in Germany, like weisswurst."

"Well, I prefer an English breakfast with beans on toast", erwiderte Helena etwas barsch. Sie wollte ihre Ruhe haben.

"Sorry, did I say something wrong?", erkundigte sich ihre Nachbarin mit großen Kuhaugen.

"No, sorry, I'm just a bit tired", entschuldigte sie sich. "My guest family showed me around London all weekend."

"Lucky you. My guest family introduced me to everybody in the neighbourhood! They wanted them all to meet the **foreigner** from Amsterdam. And I had to play with a whole group of little children. They're nice, but after a while they **got on** my **nerves**. Where do you live in Germany? Munich?"

"Hamburg", antwortete Helena knapp. Sie wusste nicht recht, wie sie dieses Mädchen finden sollte. Die fragte sie pausenlos aus und wollte anscheinend überhaupt nicht mehr aufhören. Andererseits war sie nicht unsympathisch und sie hatte einen lustigen Akzent.

the Netherlands	die Niederlande
Munich	München
foreigner	Ausländer(in)
to get on sb's nerves	jdm auf die Nerven gehen

"Hamburg!" Fiona war völlig begeistert. "I'll come and visit you there. Hamburg must be beautiful!"

"Well, yes, I suppose so", erwiderte Helena zurückhaltend. Das war ihr noch nicht untergekommen, dass sich eine wildfremde Person einfach so selbst einlud. Ganz schön aufdringlich.

"I'll be your best friend in London", entschied Fiona und klopfte ihr kräftig auf die Schulter.

Helena wusste überhaupt nicht, was sie darauf sagen sollte. Glücklicherweise begann nun der Unterricht, und ihre Konversation wurde unterbrochen.

In der Pause stürzte sie hinaus in den Hof des Gebäudes und hielt Ausschau nach Malte.

"Do you like baseball?" Fiona war ihr unaufgefordert gefolgt. Helena wollte aber jetzt nicht über Baseball reden, sie wollte zu Malte.

> male männlich
> female weiblich
> to bet (bet, bet) wetten

"I love baseball. I'd like to play baseball with you and some of the other guys here. Let me explain the rules ..."

"Please, Fiona, not now. I'm looking for a friend", unterbrach Helena sie freundlich, aber bestimmt.

"Oh, another friend", erwiderte Fiona strahlend. "**Male** or **female**?"

"He's a boy from my school in Hamburg." Hoffentlich hörte Fiona den Unterton, der besagte, dass sie ihn alleine treffen wollte! Aber nein.

"Great! I'm going to make so many new friends! What does he look like? I'll look for him with you. I'm taller, I **bet** I'll see him first."

Eine Wette? Das war ja wohl die Höhe. Helena war empört.

"Maybe he likes baseball, too, like we do!", fuhr Fiona fort.

Wir? Helena konnte nicht glauben, was dieses Mädchen so von sich gab. Die war ja wohl völlig durchgeknallt. Sie überlegte, wie sie Fiona am besten abschütteln könnte, und schaute sich um.

Da erblickte sie Malte. Ohne eine Erklärung eilte sie in seine Richtung. Natürlich lief Fiona hinterher. Wie sollte sie die nur wieder loswerden?

"Hi, Malte ..."

"Hello Malte, nice to meet you, my name is Fiona, I'm **Dutch** and I need you for my baseball team."

> **Dutch**
> niederländisch

Die ging ja ran, Helena verschlug es jetzt vollends die Sprache. Auch Malte schien überwältigt von dem stattlichen Mädchen, das seine Hand festhielt und offenbar kräftig zudrückte.

"Ah, mmm, well ... I'll think about it. But I have to find out first what else there is to do in London. If I have time I'll join your team. How many are in it already?"

"Right now it's me, Helena and you. But I'm sure it won't take me long to get a team together."

Malte nickte ernst. "Let me know when there are more. How many do you need to play baseball?"

"Well", Fiona dachte nach, wobei sie immer noch Maltes Hand festhielt. "Ten would be enough I think. Nine in one team and one in the other."

Helena dachte, sie hätte sich verhört. "Nine against one?"

"Yes", bestätigte Fiona und ließ endlich Maltes Hand los. "We can do it with more, of course, but ten is the minimum."

"Why don't you go and ask the others right now?" Malte wollte Fiona loswerden. Sie zögerte – und dann geschah, was Helena befürchtet hatte: Er drehte sich abrupt um und ging.

"Is he annoyed?", fragte Fiona unschuldig. "He's right, though. Come on, let's go and ask some others to join the team", schlug sie Helena vor.

Aber Helena hatte keinerlei Interesse daran. "No, I'm sorry, I want to sit in the sun and be alone for a minute. Please **give me a break**, will you?" Deutlicher konnte man das doch wohl kaum sagen, oder? Hoffentlich würde Fiona das endlich begreifen. Und hoffentlich würde Malte die Chance nutzen und zurückkommen!

> Give me a break.
> Verschone mich.

Aber Malte kam nicht. Dafür trieb Fiona noch in der Pause vier weitere Interessenten für ihre Baseballmannschaft auf.

Völlig frustriert fuhr Helena nach der Schule im Bus zu ihrer Gastfamilie. Ihre Hoffnung, Malte noch mal zu sehen, hatte sich zerschlagen, einzig Fiona hatte sich nach ihrer Adresse erkundigt. Helena hatte vorgegeben, sie nicht auswendig zu wissen.

"Hi Helena, how was school?", empfing sie Betsy Delaware.

"Interesting", war alles, was ihr einfiel. In Wahrheit hatte sie nichts wirklich Neues gelernt, aber sie stellte fest, dass sie immer öfter auf Englisch dachte. That's an extraordinary side effect of being here, dachte sie bei sich. My mother would be proud of me.

"Shall we go for a trip on the river? It's very nice", schlug Mr Delaware vor.

Andy preschte wie ein Verrückter aus dem Garten herein, gefolgt von dem laut bellenden Sir Henry. "Yes, let's go for a trip on the river, Dad!", kreischte er.

"Where's Alison? Will she come with us?", erkundigte sich Helena.

"I'll find out", johlte Andy und raste die Treppen hinauf. "Sister! Wonderful, fantastic, **sensational**, brilliant sister! We need your company for a **boat trip** on the Thames!", rief er und hämmerte gegen Alisons Tür.

Die wurde prompt aufgerissen und eine wütende Alison fauchte zurück: "I really don't want to go anywhere with a horrible, stupid, **pathetic**, **irritating** brother and this awful, **wretched**, **smelly**, dirty dog." Rumms, und die Tür war wieder zu.

sensational	sensationell
boat trip	Bootsausflug
pathetic	erbärmlich
irritating	nervig
wretched	jämmerlich
smelly	stinkend
punk	Punker(in)
to count on sth	mit etw rechnen
to poke one's nose into sth	seine Nase in etw hineinstecken

Andy entlockte diese Antwort nur ein gleichmütiges Achselzucken und er hüpfte die Treppe wieder hinunter. Unten angekommen, schaute er Helena tief in die Augen und raunte ihr zu: "She was in love with a stupid **punk**, and I think he left her. That's why she's so horrible at the moment. Maybe it'll get better before you leave, but I wouldn't **count on** it!"

"Andy! Do you have to **poke your nose into** every-

TIME FOR SCHOOL

thing?!", schimpfte seine Mutter. "It's really not okay to tell everyone Alison's **business**!"

> **business**
> *hier:* Angelegenheiten
>
> **to moan**
> jammern
>
> **to throw a fit**
> einen Wutanfall haben
>
> **to change**
> sich umziehen

"But Alison's been really boring for weeks now", schimpfte Andy. "No one will want to talk to her ever again if she doesn't watch out. She's just hanging around **moaning** and listening to weird music all day. And she's getting on my nerves because she **throws a fit** whenever I say anything. I've had it up to here!" Er hielt eine Hand über seinen Kopf, um allen zu demonstrieren, bis wohin ihm das derzeitige Verhalten seiner Schwester stand.

"Calm down, Andy. Your sister has her reasons. Just stay out of her way, will you? You can go for a boat trip with Helena and Dad. I'll prepare dinner while you're gone."

"Please, make it sausages and mash, Mum! And *no* vegetables for me!" Er schaute sie mit treuen Augen an, für einen Augenblick hatte er fast denselben Gesichtsausdruck wie Sir Henry.

"Okay", seufzte die Mutter und strich ihrem Sohn über den Kopf. Der rannte johlend wieder in den Garten.

Helena lief die Treppen hinauf. "I'll just **change**; I'll be back in a minute." Vor Alisons Zimmer hielt sie einen Moment inne. Zu gerne würde sie mal mit ihr reden. Sie sah zwar schrecklich aus, aber wenn sie Liebeskummer hatte, war das doch interessant! Jedenfalls spannender als eine Bootsfahrt mit Tony und Andy auf der Themse! Sie fasste sich ein Herz und klopfte.

Keine Sekunde später wurde die Tür mit Schwung aufgerissen und Alison brüllte: "Leave me alone, will y…", aber der Satz blieb ihr im Halse stecken. "Oh, sorry, I thought it was Andy. What is it?"

Helena druckste herum. "Er, hm, well, I'd really appreciate it if you joined us for the boat trip. I mean, it would be really nice …"

"Sorry, I just can't." Alison wollte die Tür schon wieder schließen, als plötzlich ihr Vater hinter Helena auftauchte. "Alison, I want you to come, too."

| personally |
| persönlich |
| major |
| groß |

"But Dad – !" Sie wollte widersprechen, aber er winkte ab.

"No excuses. Maybe it'll help you feel better. I want you at least to try and pull yourself together."

Alison sah ihn und Helena mit bösem Blick an und schlug die Tür erneut zu.

"She'll come", sagte Mr Delaware zu Helena und lächelte ihr freundlich zu. "Don't take it **personally**, she's just unhappy at the moment. That's how life is sometimes."

Der Bootsausflug verlief anders, als Helena gehofft hatte. Alison schien sauer zu sein, dass sie ihretwegen auf diesem Schiff sitzen und sich die Sehenswürdigkeiten ihrer Stadt ansehen musste. Ihr Vater kommentierte wie schon die Tage zuvor alles. "Did you know that, although it doesn't smell too great, the Thames is actually the cleanest of the rivers in Europe that flow through a **major** city?"

Helena schüttelte den Kopf. Sie konnte es kaum glauben, denn hier roch es doch ziemlich unangenehm.

"It's a **tidal river**. The **tidal range** is about seven metres, which is one of the highest in the world. When the **river banks** are **exposed** you can see **shellfish**, crabs, even **leeches**."

> tidal river Tidenfluss
> tidal range Tidenhub
> river bank Flussufer
> exposed freigelegt
> shellfish Schalentier
> leech Blutegel
> heron Reiher
> wading bird Watvogel
> to force sb jdn zwingen

"Iiih." Helena schüttelte sich bei dem Gedanken, hier bei Ebbe spazieren zu gehen.

"You also see seagulls and **herons** and all kinds of **wading birds**."

Helena konnte verstehen, dass Alison sich dafür nicht sonderlich interessierte. She's probably heard this a million times before, dachte sie. Sie setzte sich zu ihr, als Mr Delaware für einen Augenblick hinter Andy und Sir Henry herlief. Andy hatte eine kleine Wasserpistole mit an Bord geschmuggelt und schoss nun auf die armen Fische, als wären die nicht schon nass genug.

"I'm sorry", entschuldigte sich Helena leise. "I didn't expect your father to **force** you to come if you didn't want to. I just wanted to get to know you better. Sorry. I won't ask again."

"It's okay", murmelte Alison nur und starrte auf das gegenüberliegende Ufer.

"Look, the Millennium Wheel!", rief ihr Bruder und kam angerannt. "Please Dad, please, please, please, I want to go on it."

"Not today, Andy!"

Maulend drehte sich Andy um und lief wieder zum anderen Ende des Schiffs.

Mr Delaware seufzte, gesellte sich wieder zu ihnen und redete da weiter, wo er vorher aufgehört hatte. "The wildlife in and around the river is really interesting. There are so many different fish now; there are more **swans** than there used to be, and we even get dolphins and seals now and then." Er versuchte besonders Alison abzulenken und legte einen Arm um ihre Hüfte. "When Alison was younger, she used to go on **school field trips** by the river. They found small pieces of Roman **mosaic**, animal bones, **clay pipes** and things like that. She loved it, didn't you?"

Alison lehnte sich an ihren Vater. "It's such a long time ago, Daddy, I can't even remember."

swan	Schwan
school field trip	Schulexkursion
mosaic	Mosaik
clay pipe	Tonpfeife
bascule bridge	Klappbrücke

Für einen Moment vermisste Helena plötzlich ihr Zuhause in Hamburg und ihre Freundin Karolin. Hier war niemand, mit dem sie richtig reden konnte. Traurig blickte sie auf das trübe Wasser, das träge gegen die Ufermauer schwappte.

Just in diesem Moment traf sie ein Schwall Wasser – dieses Mal frisch aus der Themse. Mr Delaware sprang auf, packte den Übeltäter am Arm und konfiszierte die Waffe. "Stop that immediately, Andy." Er zog ihn neben sich auf die Bank und entschuldigte sich bei Helena für seinen missratenen Sohn.

Während das Schiff langsam die Themse weiter abwärts schipperte, betrachteten sie die Gebäude an den Ufern, saßen da und genossen entspannt das sanfte Wellengeschaukel. Nur Mr Delaware erklärte ab und zu: "This is Tower Bridge, the largest **bascule bridge** in the world, and over there you can see the Millennium Bridge, which was opened in 2000. It had to be closed

| to wobble wackeln
| engineer Ingenieur(in)
| to fix reparieren
| absolutely durchaus

ten days later because they found out it **wobbled** in a strong wind. The **engineers** were able to **fix** it, though ... Westminster Bridge is the oldest of all our bridges ..."

Viele Gebäude, die sie mit Mr Delaware am Wochenende besucht hatte, oder an denen sie im Doppeldeckerbus vorbeigefahren waren, erkannte Helena auf dieser Fahrt wieder, auch wenn manche vom Wasser aus ganz anders aussahen. Sie ließ all diese Eindrücke auf sich wirken, aber zugleich dachte sie an Malte und beobachtete ab und zu heimlich Alison.

Immerhin leistete Alison ihnen an diesem Abend zum ersten Mal beim Essen Gesellschaft. Sie stocherte zwar mehr darin herum, als wirklich zu essen, und sie beteiligte sich kaum am Gespräch, aber zumindest war sie da. Helena fühlte sich sehr unsicher in ihrer Gegenwart.

Das Telefon klingelte, Mrs Delaware ging in den Flur und nahm ab.

"... Oh, hello! Yes, of course, we've just had dinner ... No, no, we've finished eating ... Yes, I think she must know London quite well by now. My husband's been taking her to all the interesting places ... Yes, **absolutely**. She's a lovely girl, very friendly ... We're happy to have her here with us ..."

Das musste ihre Mutter sein, die da anrief. Fragte sie etwa gerade Mrs Delaware über Helenas Benehmen aus? Helena stand auf, ging hinaus und stellte sich demonstrativ neben Betsy Delaware, die ihr zuzwinkerte.

"It's your parents on the phone", erklärte sie überflüssigerweise und reichte Helena den Hörer.
"Hi, how are you?", dröhnte die Stimme ihrer Mutter durch den Hörer.
"I'm fine, Mum. Können wir nicht wenigstens jetzt Deutsch reden?"

> **polite**
> höflich

"No, we can't, they might think you were saying nasty things about them. It's not **polite**."
Helena schob schmollend ihre Unterlippe vor. So ein Blödsinn. Aber wie sie wollte, so würde sie bestimmt nicht erfahren, was ihre Tochter wirklich bewegte. Sie erzählte brav von der Schule und dem Ausflug und wünschte ihrer Mutter dann eine gute Nacht.
"I'll call again tomorrow. Bye, my love – kisses from your father, too, he's working late today. Bye bye."
"Everything all right?", erkundigten sich die Gasteltern. Helena nickte.
Alison sah sie prüfend an. "Tell me, how old are you?"
"Fifteen, almost sixteen", antwortete Helena, überrascht über die Kontaktaufnahme.
"Really? I thought you must be eight, like my baby brother, with your parents calling every day."
Das saß. Helena biss sich auf die Lippen. Solche Bemerkungen konnte sie wirklich nicht gebrauchen. Sollte sie ihr doch gestohlen bleiben, diese blöde Kuh mit ihren hässlichen Schminke und den Klamotten, in denen sie aussah wie aus einem Gulli gezogen! Helena schluckte ihren Unmut hinunter, stellte ihren Teller auf die Spüle und fragte: "May I go to my room? I'm really tired."
In ihrem Zimmer musste sie einfach heulen, sie konnte sich nicht mehr beherrschen. Das hier hatte sie sich

alles anders vorgestellt, auch wenn Mr und Mrs Delaware wirklich nett waren. Aber ihre beiden Kinder waren die reinsten Nervensägen. I hate them, I really do. My only hope is Malte, dachte sie verzweifelt.

Am nächsten Morgen erblickte sie Malte schon aus der Ferne und lief auf ihn zu. Leider war sie nicht die Einzige, die in seine Richtung lief. Und es sollte den ganzen Tag über keinen Moment mit ihm alleine geben, denn er hatte ständig eine Schar Mädchen um sich versammelt. Einmal kam er zu ihr und hauchte ihr ins Ohr: "Sorry, Helena, I don't want to be **unfriendly** to these girls, I'm sure you understand. I'll see you later."
Einfach so abgewimmelt. Helena war genervt.
Dazu kam noch Fiona mit ihrem Baseball-Tick: "I've already found six more team members, so we can start practising soon! I'll be the **umpire**."
"The what?"
"The one who decides whether a **pitch** is good or bad."

"So you won't actually be playing?" Ungläubig starrte sie Fiona an.
"Of course not. I have to **coach** you and then I have to **supervise** the game", entgegnete Fiona selbstbewusst.
Das war ja wohl die Höhe! Sie wollte gar nicht spielen, sondern nur die anderen herumscheuchen! Aber dann fiel Helena ein, dass Malte ja auch mitspielen würde, und sie schöpfte wieder Hoffnung.

> **unfriendly**
> unfreundlich
> **umpire**
> Schiedsrichter(in)
> **pitch**
> *hier:* Wurf
> **to coach** trainieren
> **to supervise**
> beaufsichtigen

Mother's Business

Die Schule hatte einen gemeinsamen Ausflug zum Buckingham Palace angeboten, aber nachdem Helena erfuhr, dass Malte nicht mitkommen würde, hatte sie darauf keine Lust. Auch Fiona, die nicht von ihrer Seite gewichen war, konnte sie nicht überreden. "I'm so tired today. I really need a break", redete sie sich heraus.

> to take care of sb
> auf jdn aufpassen
> touch
> Berührung

"Do you want me to stay with you and **take care of** you?", fragte Fiona mit besorgter Miene – als wäre Helena todkrank.
"No, thank you. I just want to relax and do nothing."
Wenn mich doch nur Malte so etwas fragen würde! Aber der wollte anscheinend gar nichts von ihr wissen. Also lag sie einsam und allein auf ihrem Blumenbett bis zum Abendessen, um dann, nach dem allabendlichen Telefonat mit ihrer Mutter, gleich wieder in ihrem Zimmer zu verschwinden.
Als sie hochschreckte, war es draußen stockdunkel. Offenbar war sie eingeschlafen. Durch das Fenster drang die laue Sommerluft in ihr Zimmer und erfüllte den Raum mit Rosenduft.
I love that smell so much, and I long for Malte's **touch**, dichtete sie.
Dann hörte sie Stimmen, Frauenstimmen. Es klang fröhlich und ausgelassen und Helena wurde neugierig. Leise verließ sie ihr Zimmer, ging auf Zehenspitzen die Treppe hinab und schlich in Richtung Küche. Neugierig

schaute sie in den großen Spiegel in der Eingangshalle, und was sie darin erblickte, ließ ihr den Atem stocken: Durch den Spalt in der Tür konnte sie, leicht verzerrt, aber dennoch deutlich genug, zwei Frauen erkennen. Zwei Frauen in Dessous! Was ging denn hier ab?!
Plötzlich wurde die Wohnzimmertür aufgerissen und Betsy Delaware stand vor ihr in einem äußerst aufreizenden Negligé. Sie erschrak ebenso wie Helena. Dann aber musste sie lachen. Helena war empört. Sexparties! Und sie lachte!

lingerie
Damenwäsche
range
Kollektion
to come round
vorbeikommen

"What are you doing in there?", fragte Helena, hätte sich dafür aber auch gleich ohrfeigen können.

Statt einer Antwort zog Betsy Delaware Helena hinter sich her ins Wohnzimmer und stellte sie vor: "This is our guest from Germany."

Mehrere Frauen, manche davon in Dessous, umringten sie. "That's nice, where are you from in Germany?" – "How long are you staying?" – "Are you going to school here?" – "Do you like it in London?" Die Fragen prasselten nur so auf sie nieder, aber Helena war zu schockiert, um auch nur auf eine einzige zu reagieren.

Betsy Delaware erriet ihre Gedanken und bot ihr erst mal einen Tee an. "Calm down, Helena. Let me explain. My husband doesn't have much work at the moment, so I want to earn some extra money. And as you can see I do that with **lingerie**. I sell sexy underwear; twice a week I have a kind of party here at home and invite women who are interested in the **range** to **come round** and try things on. That's all. Do you like them?"

Helena fühlte sich nicht viel besser, auch wenn ihr jetzt klar war, dass es sich nur um so etwas wie eine Tupperwareparty für Unterwäsche handelte. Mrs Delaware so zu sehen, war ihr furchtbar peinlich.

"Come on, think of it as a fashion show. Don't be so serious, Helena, it's supposed to be fun!"

Einige der Frauen spazierten in ihren Dessous auf und ab wie auf einem Laufsteg. Nicht alle hatten eine so gute Figur wie ihre Gastmutter, aber das schien vollkommen gleichgültig zu sein. Langsam taute Helena auf und am Ende klatschte sie sogar.

> **to put on weight**
> zunehmen
>
> **to oversleep (overslept, overslept)**
> verschlafen

"Would you like to try something?"

Helena schüttelte den Kopf. Sie konnte sich überhaupt nicht vorstellen, so etwas zu tragen. Oder doch? Für Malte vielleicht? Sie wurde rot. "No, I don't think …"

Betsy Delaware zog ein paar sehr hübsche Teile aus einem prall gefüllten Koffer und reichte sie Helena.

"Here. A present. If you want, you can wear them in ten years' time, but you'd better not **put on** too much **weight**." Sie zwinkerte ihr zu.

Helena nahm die Geschenke dankend an und probierte sie noch in derselben Nacht, allerdings erst, als sie wieder allein in ihrem Zimmer war. If only Malte could see me now, dachte sie stolz.

Am nächsten Morgen verschlief sie. Jemand hämmerte lautstark gegen ihre Tür und schlagartig war sie wach.

"Helena! Your school starts any minute! I'm so sorry – we all **overslept**."

Zehn Minuten später sah Helena ihren Bus davonfahren und der nächste würde möglicherweise noch lange auf sich warten lassen.

"Taxi!"

Das nächste schwarze Taxi bremste neben ihr, sie riss die Tür auf, nannte dem Fahrer die Adresse der Schule und ließ sich in den Sitz fallen. "As fast as possible, please, I'm late for school."

> **to drive off**
> losfahren
> **even if**
> selbst wenn

"School?", erkundigte sich eine überaus angenehme junge Männerstimme.

"But it's the school holidays now. What kind of school are you at?"

Sie schaute in den Rückspiegel und dem Fahrer direkt in die dunklen, warmen Augen. Noch immer war er nicht losgefahren. Why doesn't he **drive off**?, fragte sie sich und starrte wie hypnotisiert in diese Augen im Spiegel.

Der Fahrer schob in aller Ruhe eine CD in die Anlage und weiche Reggae-Klänge füllten den Innenraum des Wagens.

"It's a language school in Notting Hill. I'm from Germany and my parents want me to improve my English."

"Ah, I see. Don't worry, I'll take you there."

Endlich fuhr er los. "Why are you in such a hurry? It's a beautiful day today. You'll still learn enough **even if** you're a little bit late."

Helena starrte immerzu in den Spiegel und verfolgte diese Augen, die sich auf den Verkehr um sie herum konzentrierten und ab und zu ihren Blick kreuzten.

"You don't know my parents", seufzte sie.

"No, of course not. Are they with you here in London? I mean, are they **checking up on** you?"

Sie lächelte. Das fehlte noch! "No, they're at home in Hamburg, but they call every night to **make sure** I'm okay."

"So, you're having a holiday from your parents, too. I don't think it'll **matter** too much if you miss one or two classes. You'll **pick up** even more English by listening and talking to people, and by going to the theatre or to see a film."

Helena nickte zustimmend. Er hatte ja so recht! Dieses ewige Lernen hatte sie so satt! "I haven't thought about that yet."

"Maybe you're too busy?"

to check up on sb	jdn kontrollieren
to make sure	sich überzeugen
to matter	etwas ausmachen
to pick up	*hier:* mitbekommen

Jetzt schaute er sie wieder an. Sie wusste nicht, wie ihr geschah, so etwas hatte sie nicht mal mit Malte erlebt. Ihr ganzer Körper prickelte und in ihrem Bauch wurde es tierisch warm.

"Do you like the music?", fragte er. "This is Bob Marley. Lean back, relax and listen for a while."

Sie schloss die Augen und gab sich der Musik hin – "No woman, no cry ..." – entspannte sich, fühlte sich wohlig in eine andere Welt geschaukelt, bis der Wagen bremste.

"Come on, have a look!" Der Fahrer war ausgestiegen und hielt ihr die Tür auf. Nun sah sie ihn erst richtig. Er war ein schlanker, sehr junger und sehr gut aussehender Farbiger, mit wild abstehenden Haaren. Seine Augen strahlten sie an, als sei sie die Queen.

Sie dachte natürlich, sie wären an der Schule angekommen, aber dem war nicht so. Sie war völlig überrascht, als sie auf die Themse schaute.

"Where are we?", fragte sie erstaunt und sah sich um.

"At the Royal Hospital. Don't be surprised if you see some old men walking around in bright red uniforms. They're not crazy, it's what they usually wear. They're **war veterans** who live here. And over there ...", er zeigte in die andere Richtung, "... you can see all the flowers native to Britain, flowers of all shapes and sizes and colours. **Gardening** has been a national **obsession** for centuries in England. Aren't they beautiful? Look at the roses. Did you know that they all have different meanings? White is for **purity**, a yellow one the end of an **affair**, and a red rose stands for **passion**." Sie schauten sich an. "Life is beautiful, isn't it?", sagte dieser seltsame Taxifahrer leise und spazierte auf die Themse zu. Er passte gut hierher, er strahlte die gleiche Ruhe aus wie diese Blumen und der ruhig dahinströmende Fluss.

war veteran	Kriegsveteran
gardening	Gartenbau
obsession	Manie
purity	Reinheit
affair	Affäre
passion	Leidenschaft
to kidnap	entführen
to rape	vergewaltigen

Plötzlich durchfuhr es Helena wie ein Blitz: What am I doing here? I should be at school! What is he going to do with me? Will he **kidnap** me? Does he want my money? Is he going to **rape** me? Helena bekam Angst. Sie hatte sich von seinen Augen und der Musik so richtig einlullen lassen. "Please! I need to go to my school now", rief sie ihm nach.

Er drehte sich um und kam zurück. Wieder wusste Hele-

na nicht, was da mit ihr passierte. Sie verspürte eine ungeheure Sehnsucht, mit ihm zu verschmelzen. Dabei kannte sie ihn überhaupt nicht, sie wusste nicht einmal seinen Namen. Es war unheimlich, war er ein Zauberer?
"Why did you bring me here? Why didn't you take me to my school, like I asked you?", fragte sie mit zitternder Stimme.
Er schüttelte den Kopf. "Don't be afraid. I only wanted to show you how beautiful London can be. I'm sorry. I'll take you there right away."
Can I trust him? Can I trust my feelings? My feelings say he's lovely. But people are bad. What's going to happen next? Wild jagten ihr alle möglichen Gedanken durch den Kopf, vermischt mit Bildern von mordenden Jungen mit einem Schweinskopf.
Der junge Mann schob sie ins Taxi zurück. "Please, don't be angry or scared. You seemed to be so unhappy, I just wanted to make you happy for a minute. But don't worry, we'll be at your school soon, you'll see", erklärte er.

> bit Stückchen
> amazing erstaunlich

Sie verfolgte erneut die Bewegungen seiner Augen im Spiegel. Wieder trafen sich ihre Blicke und es ging ein seltsames Zittern durch ihren Körper.
"We're back in Kensington now. See, here's Kensington Park. Have you been there?"
Helena schüttelte den Kopf. "No, I haven't had time yet." Sie lehnte sich zurück und seufzte. "How big is this city? I thought I'd already seen most of it, but now I realize I've only seen a few **bits**."
Er lachte leise. "I know, it's **amazing**. London is huge! Have you been to Portobello Road?"

"No. Never heard of it."
"Or to Camden Town?"
"Camden Town?"
"It's a place where young people like us like to go."
Young people like us … beinahe hätte sie ihn gefragt, ob er ihr nicht alles zeigen wolle. Aber da sah sie die Schule von Weitem. Offenbar war gerade Pause, denn Fiona stand vor dem Gebäude und sah sich suchend um.
Der Taxifahrer bremste neben ihr und wandte sich zu Helena um. Sie fühlte sich … sie wusste nicht wie.
"I hope you have a wonderful **stay** in London. Enjoy it. I wish you all the best."
Da wurde die Tür des Taxis mit Schwung aufgerissen und Fiona schob ihren Kopf herein.
"There you are! We all thought you were ill. They called your guest family, but they said you left ages ago and should be here by now. They **were about to** call the police …"
"You seem to have chosen your friends well. They really **care about** you", sagte der Fahrer. "By the way, my name is Gordon."
"I'm Helena. Thank you very much …"
What now? What else can I say to him?

> **stay**
> Aufenthalt
> **to be about to do sth**
> im Begriff sein, etw zu tun
> **to care about sb**
> sich um jdn kümmern

Helena war total durcheinander, stieg aus, die Tür fiel zu und das Taxi fuhr los, bog um die nächste Ecke und war verschwunden. Und sie hatte nicht einmal bezahlt.
"Gordon …", flüsterte Helena.
"I've seen something interesting", berichtete Fiona aufgeregt.

"Ah, well, I've seen something interesting too", konterte Helena. Konnte dieses penetrante Mädchen sie nicht einfach mal in Ruhe lassen?

"But I think you'll really want to know this! I saw that boy from your school in Germany. He was kissing a girl from **Russia**."

Helena blieb abrupt stehen. "That's not true!" Sie starrte Fiona an.

"It is, I promise you. They were standing around the corner from school this morning. It looked as if he had picked her up from the Underground station. I saw them standing there, and he was kissing her, I **swear** it!"

Russia	Russland
to swear (swore, sworn)	schwören
home plate	Heimmal
facing	gegenüber
opposite team	gegnerische Mannschaft
batsman	Schlagmann

Helena wusste nicht, wie ihr geschah. Wie ein Roboter lief sie in den Unterrichtsraum. Alles, was Fiona jetzt noch sagte, rauschte an ihr vorbei. Das konnte einfach nicht wahr sein!

"There are nine players in the team now. We only need one more! I'll explain the game to you. The one person who's playing alone stands at what's called the '**home plate**', **facing** all the others, I mean the nine players from the **opposite team**. Helena, are you listening?"

Helena nickte abwesend.

"The opposite team is spread out over the whole field. The pitcher throws the ball, and the **batsman** tries to hit it with a long wooden bat. The problem is, we need a bat. I heard we might find one on Portobello Road. Would you go there with me? ... Helena?"

Helena nickte wieder. Aber sie hatte überhaupt nicht zugehört. In ihrem Kopf ging alles wild durcheinander. Würde sie Gordon nie wieder sehen? Liebte Malte eine andere? Oder hatte Fiona das Ganze missverstanden? Vielleicht hatten die beiden sich in der U-Bahn getroffen und standen nur zufällig nah beieinander?

In der Pause konnte sie Malte nirgends entdecken. Fiona redete immer noch ohne Pause auf sie ein, stellte ihr die anderen Mitspieler vor und erklärte jedem Einzelnen die Baseballregeln, ob er sie hören wollte oder nicht. Irgendwann hatte Helena das Gefühl, sie müsse gleich platzen. Sie rannte über den Hof und schaute sich nach Malte um.

> Take care.
> Pass auf dich auf.

"Oh, sorry!" Sie hatte ihren Lehrer gerammt. Wie peinlich! I should apologize. I should explain. Aber der nette junge Lehrer sagte nur ebenfalls "Sorry!" und die Sache war für ihn erledigt. Life can be so easy if people are just friendly, dachte sie irritiert und lief dann doch hinter dem Lehrer her. "Excuse me, sir, I still feel a bit sick, that was why I was late. I guess I ate too much shepherd's pie yesterday. Would it be all right if I went home?"

"Of course. **Take care**, and 'Gute Besserung'! That's what you say in German, isn't it?"

"Yes, it is. Thank you very much, sir. I'll be back tomorrow."

Sie lief in den Unterrichtsraum, packte ihre Sachen und war froh, dass Fiona gerade damit beschäftigt war, den anderen zum x-ten Mal die Baseballregeln zu erklären. Aber sie hatte sich in ihr getäuscht. "Where are you going?", rief Fiona und kam mit eiligen Schritten auf sie zu.

"I'm not feeling well. My head **aches** and I've got an **upset stomach**. Maybe it's a virus, or I just ate something funny."

"I'll go with you", entschied Fiona.

Helena baute sich vor ihr auf. "No! Thank you very much for your help, but I really want to be alone. I can look after myself. I want you to stay here and listen carefully so you can help me **catch up on** what I missed."

to ache	weh tun
upset stomach	Magenverstimmung
to catch up on sth	etw nachholen
to go out with sb	mit jdm zusammen sein

Fiona dachte kurz nach. "Okay, I can do that if you like."

Helena lief los in Richtung Park. I want to be alone, I don't want to see anybody! I don't want to talk to anybody or explain anything. I don't want to go on another sightseeing tour, and I don't like Alison and Andy. Everybody can go to hell!, schrie es in ihr.

Als sie das Eingangstor zur Parkanlage erreichte, atmete sie erst einmal tief durch. Hier war nicht viel los um diese Zeit. Vereinzelte Spaziergänger mit jeweils mindestens fünf Hunden drehten ihre Runden. Vor einer Bude ließ sie sich auf eine Bank fallen und legte ihren Kopf auf die Arme. I haven't even been here a week and I hate it. If Malte **is** really **going out with** someone else, what am I going to do for the rest of these horrible weeks? I hate London!

Nach einer Weile sah sie sich um. *Café Broadwalk* stand an der Bude, die gerade öffnete. "Cakes, sandwiches and ice cream", las sie leise von der Tafel. Sie holte sich eine Riesenportion Eis und setzte sich wieder in die Sonne. Auf einmal kam ein kleines Wesen angelaufen und hockte sich auf die Hinterpfoten. Es sah aus wie ein Eichhörnchen, aber es war grau und größer, mit einem wunderschönen buschigen Schwanz.

"Hello you, are you a squirrel? I'm an unhappy girl from Germany", flüsterte sie dem Kleinen zu. Der legte den Kopf schief. "Do you understand me?" Das Tier schaute sie unbeeindruckt weiter an. "I bet you're hungry, aren't you? Wait a minute." Helena fischte eine ungetoastete Toastbrotscheibe aus ihrem Rucksack und zerbröckelte sie. Das Eichhörnchen kam näher, und schon tauchten drei weitere auf. Helena warf ihnen abwechselnd die Bröckchen zu, lachte, wenn sie sich darum balgten, und vergaß für einen Moment ihre Sorgen.

> **memorial playground**
> Gedächtnisspielplatz
> **curious**
> neugierig
> **to torment**
> quälen

"You're my only friends here", seufzte sie, als das Brot alle war, und erhob sich, um weiterzugehen.

"Diana, Princess of Wales **Memorial Playground**", las sie an einem Zaun. Es surrte am Tor und eine Frau in Uniform kam aus einem Häuschen. "Do you want to go inside?"

Helena schüttelte den Kopf und sagte: "No, thank you, I was just **curious**."

Nein, auf einen Spielplatz wollte sie nicht, auch wenn der noch so einladend aussah, aber sie dachte an Prinzessin Diana, die von Fotografen verfolgt worden war und dabei einen tödlichen Autounfall hatte. Why is it that people so often **torment** others?, dachte sie. Ihr fielen Andy und Alison ein und Wut kroch in ihr hoch. "They have no **right** to treat me like that", flüsterte sie entschlossen. "But what can I do?" Sie sah keine Lösung für diesen Schlamassel. Und diese anstrengenden Sightseeing-Touren wollte sie auch nicht mehr mitmachen. "Meaning well and doing good aren't always the same thing", murmelte sie und stutzte plötzlich. Seit wann sprach sie mit sich selbst? "Since there's nobody else I can talk to", gab sie sich auch selbst die Antwort.

Sie verließ den Park erst am späten Nachmittag. Sicher würden sich die Gasteltern Sorgen machen, sollten sie doch!

right	Recht
refreshing	erfrischend
the other day	neulich

Irgendwann stand sie vor dem Haus der Delawares und schloss die Tür auf. Augenblicklich tauchte Andy vor ihr mit seiner Wasserpistole auf. Helena dachte keine Sekunde nach, sondern riss ihm das Ding aus der Hand und wahre Wasserfälle ergossen sich über den Jungen, der völlig überrascht dastand und laut kreischte.

"Scream as loud as you can! Have fun! Are you enjoying the nice cool shower, Andy? I can tell you, it's wonderfully **refreshing**."

Betsy Delaware tauchte in der Küchentür auf und sah schweigend zu. Ein leises Grinsen umspielte ihre Lippen.

"Mum, she's been shooting at me and now I'm all wet!", beklagte er sich empört.

"Well, I guess she's only playing with you like you did with her **the other day**, don't you think?" Mrs Delaware blieb ganz ruhig. Dass in ihrem Hausflur alles nass war, schien sie nicht weiter zu stören. "Go and get yourself a towel instead of complaining, Andy; it's only water after all", wies sie ihn mit freundlicher Stimme zurecht. Maulend verzog sich Andy in die Gästetoilette.

> **to let sb know**
> jdm Bescheid geben
> **responsible**
> verantwortlich
> **to get lost**
> sich verirren
> **to beware of sb**
> sich vor jdm in Acht nehmen
> **pickpocket**
> Taschendieb(in)

"Is everything all right?" Mrs Delaware schaute sie aufmerksam an. "Have you been on a trip with your school?" Helena schluckte und nickte. "I'd appreciate if you could **let** me **know** in the morning, so I know that I don't need to worry. All right? We're **responsible** for you, after all, and I don't want you to **get lost**. London can be dangerous. You should **beware of pickpockets**, and never go anywhere with anybody you don't know."

Wenn Betsy wüsste, was Helena heute zugestoßen war!

"Have you got a mobile phone?", fuhr sie fort.

Wieder nickte Helena. Es war komisch, Betsy machte ihr keine Vorwürfe, trotzdem fühlte sie sich beklommen.

"So please give me your number, so I can try to call you if you're later than usual getting home." Bereitwillig gab Helena ihr die Nummer, dann lief sie hinauf in ihr Zimmer und war froh, als die Tür hinter ihr ins Schloss fiel.

Alison's Story

Es dauerte nicht lange, da klopfte es.
"No, please, I want to be by myself now. I don't feel well." Helena vermutete, dass es Mr Delaware war, der sie zu einem Ausflug einladen wollte.
Es klopfte erneut.
"Please, I'd like to be alone for now", wiederholte sie so freundlich, wie sie nur konnte.

bitch	Biest
to be homesick	Heimweh haben

"It's me, Alison. Can I talk to you, please?"
Helena richtete sich überrascht im Bett auf. Alison?
"Okay, come in."
Alison, fast ungeschminkt, schlüpfte ins Zimmer und schloss die Tür hinter sich. "I want to say sorry for the way I behaved the last few days. I've been a **bitch**, I know, but I didn't really mean to be nasty. I was just so ..." Sie ließ sich auf den einzigen Stuhl in Helenas Zimmer fallen und begann zu weinen.
"It's okay, Alison", versuchte Helena sie zu trösten, aber Alison schluchzte weiter.
"It has nothing to do with you, really, you must believe me!"
"I believe you, it's okay", sagte Helena und suchte in ihrem Rucksack nach Taschentüchern.
"I'm sorry", entschuldigte sich Alison wieder.
"Forget it", bot Helena an und wartete, was weiter geschehen würde.
Alison sah sie an. "**Are** you **homesick**?"
Helena dachte nach. "I'm not sure. Maybe a bit. I miss

ALISON'S STORY

my parents and my friends, because there's nobody here I can really talk to."

Wieder schauten sie sich an. Alisons Schminke war verschmiert. Das sah irgendwie lustig aus und Helena musste grinsen. Vielleicht auch aus Unsicherheit.

Alison grinste zurück und atmete tief durch. "Do you want to hear my story?", fragte sie.

Helenas Herz klopfte auf einmal. Würde Alison sie tatsächlich einweihen? Sie nickte.

"Okay, I'll tell you everything, but promise not to talk to anyone about it, especially not my brother."

"Never! He won't hear anything about it from me. Anyway, I think he**'s pissed off with** me at the moment. I just **soaked** him with his **water pistol**."

> to be pissed off with sb
> auf jdn sauer sein
> to soak sb
> jdn vollspritzen
> water pistol
> Wasserpistole
> to deserve verdienen
> madly wahnsinnig
> whatever alles was

"You did what?" Alison brach in Gelächter aus und konnte gar nicht mehr aufhören. Helena fiel mit ein und beide lachten, bis sie Seitenstechen bekamen. "Well, I guess he **deserved** it", sagte Alison schließlich. "He can be nice sometimes, too, though. All right, here's what we'll do: I'll get us some tea and biscuits and then we'll talk. How does that sound?"

"Great!" Helena strahlte.

"I was **madly** in love with Pete", begann Alison zehn Minuten später, während Helena am Tee nippte und die leckeren Kekse probierte. "Pete's a punk. He's eighteen and he can do **whatever** he wants, his parents don't care anymore. I loved him and I loved his way of life. And

I had a lot of **hassle** with my parents. I wanted to be with him all the time, but my Dad came and picked me up whenever I was a little late. I **felt** so **ashamed**! I hated my parents for that! Can you understand me?"

Helena nickte. "Sure, it's awful to be controlled like that when everyone else can do what they like." Sie kannte dieses Gefühl gut.

"That was exactly what happened. The punks didn't care about society and being polite and things like that. They just did what they wanted. Have you already been to Westminster **Abbey**?", erkundigte sie sich unvermittelt. "Or have you seen Big Ben?"

Helena nickte skeptisch. Bloß keine Sightseeingtouren mehr!

"Did you see any punks around there?"

Helena schüttelte den Kopf. "No, I've only seen punks on a postcard with the slogan *We are London*."

Alison lachte. "Then you know Pete! He's one of the punks on that postcard! Do you know what they do, I mean, what they **live on**? When other people are working or studying, guess what they'**re up to**?"

Helena konnte nur raten: "**Modelling** for postcards?"

Alison nickte. "Well, the postcard gave Pete an idea. He's very intelligent, you know; I'm sure one day he's going to be a really **successful businessman**. He suggested that they hang around **touristy** areas, let people take photos of them, and make them pay for it."

hassle	Ärger
to feel ashamed	sich schämen
Abbey	Abtei
to live on sth	von etw leben
to be up to sth	etw im Sinn haben
to model	modeln
successful	erfolgreich
businessman	Geschäftsmann
touristy	touristisch

ALISON'S STORY

"Wow", entfuhr es Helena. "That's brillant!"

"Yes, I thought so too, at the time. But now I think it's just because he's lazy. I changed my whole look just because I wanted to hang out with them. They wouldn't let me when I was wearing ordinary clothes or my school uniform."

Helena kicherte. Ein braves Mädchen in Schuluniform neben ausgeflippten Punks! Alison kicherte ebenfalls und erzählte weiter. "We had a great time for a while, but then suddenly he didn't like me any more. You know, he was my first …" Alison unterbrach sich für einen Moment und fuhr dann fort: "**To cut a long story short,** one day he said he didn't love me any more and he wanted us to split up. He said he'd got a new girlfriend."

> **to cut a long story short**
> um es kurz zu machen

"How long ago was this?", fragte Helena.

"Just a couple of days before you arrived. So I really couldn't welcome you and be friendly with you; I was so hurt I thought I was going to die."

Helena lächelte Alison an. "It's all right, I understand now. Thanks for telling me about it."

Alison nippte am Tee und schob sich einen Keks in den Mund. "So what about you? What's your story?"

"Well … there's this boy, Malte … he's from Germany too. I really like him, and to be honest I only came here because he was going to the same school. I was hoping we might get together …" Es war komisch und tat doch so gut, endlich jemanden einweihen zu können.

"And now?"

"I don't know. Fiona, a Dutch girl who sits next to me,

said she'd seen him hanging around with another girl and kissing her."
"Oh, poor you! That's awful", kommentierte Alison.
"But I don't know if it's true."
"We'll find out. We could follow him after your school finishes tomorrow, and then you can see what he's up to!"
Was für eine grandiose Idee! Was für ein tolles Mädchen Alison war! Und sie wurden gerade Freundinnen! Helena beschloss, ihr alles zu erzählen, einfach alles.
"And then today something really strange happened to me", sagte sie leise.
"Tell me", flüsterte Alison.
"I was late for school and so I called a taxi. And there was this really nice, friendly young taxi driver. He didn't take me **straight** to school. Instead, he drove to a park near a hospital to show me how beautiful London could be."
"Huh?? Weren't you afraid? I would have been!"
"No, not really. I don't know why. Only a little, right at the end. I suddenly thought he might kidnap me or some-

> straight
> direkt

thing. But he didn't – I asked him to take me to school, and he did. It felt so good being with him. I'd love to see him again."
"So did you ask him for his phone number?"
"No way! The only thing I know about him is that his first name is Gordon."
"And what did he look like?"
"Well, he was very young, with dark skin, weird hair, dark eyes …"

| to figure sth out etw herausfinden |
| innocent unschuldig |
| schoolgirl Schulmädchen |
| to turn out sich herausstellen |
| shell äußere Schale |
| Never judge a book by its cover. Man soll jemanden nicht nach Äußerlichkeiten beurteilen. |
| somehow irgendwie |
| particular bestimmt |

Alison seufzte. "Okay, I'm going to **figure it out**. I don't know how… But this is really exciting! You're completely different from what I thought. I thought you were a nice little **innocent schoolgirl** and all you were interested in was studying. And now it **turns out** that this is just your **shell**." Sie grinste. "**Never judge a book by its cover** – that's what Mum always says. I guess she's right. Listen, we'll find this guy **somehow**. I really have no idea how to find a **particular** taxi driver in a city as big as London … God, do you have any idea how many taxis there are?"

Alison stöhnte. "But … let's see. Tomorrow I'm going to take you to Camden Town. It's an area where young people like us can hang out."

Helena verzog das Gesicht. "Sightseeing?"

Alison lachte. "No way! Don't you dare compare me with my father. He just loves showing people around because he adores architecture. There's a big market in Camden Town, so you'd better take some money with you in case you want to do some shopping!"

Helena strahlte. Sie hatte das Gefühl, sie könnte sich jetzt neu erfinden. Neue Unterwäsche. Neue Klamotten. Neue Schuhe. Vielleicht sogar die Haare färben wie Alison? Einfach mal ganz anders aussehen. Jemand anders sein. Sie sprang auf und umarmte Alison. Arm in Arm liefen sie hinüber in ihr Zimmer.

"Wow! It looks a bit different in here", rief Helena, als

sie Alisons Zimmer betrat. Es war ein großes Zimmer, die Wände hingen voller Poster und Zeitungsschnipsel, kaum irgendwo war ein freies Plätzchen zu sehen.

"I hated the **flower wallpaper**", erklärte Alison und verzog das Gesicht.

Alte Schallplatten und CDs lagen auf dem Boden verstreut zwischen Kleidungsstücken. "Yes I know, I should tidy up my room. But I needed to have it like this." Sie grinsten sich an und warfen sich auf Alisons Bett. "Where's the **remote control**? **Shit**, that's the problem when you live like this." Alison grinste.

Helena spürte etwas Hartes unter ihrem Bauch und zog die Fernbedienung hervor. "Here." Sie lachten sich beide fast kaputt.

*"London calling to the **underworld**,*
Come out of the cupboard, all you boys and girls
*… The **ice age** is coming, the sun's **zooming in** …*
***Meltdown** expected, the wheat is growing thin,*
Engines stop running but I have no fear
*'Cause London is **drowning** and I live by the river …"*

"The Clash", schwärmte Alison. "They were telling people about global warming thirty years ago. Real punks want to change society, open people's eyes. Most people just do their jobs and don't think about the problems in the world. They're **cowards**; they just want to be **accepted**. Punks aren't cowards, that's for sure!"

"Do you still miss Pete?"

---

flower wallpaper Blumentapete
remote control Fernbedienung
shit Scheiße
underworld Unterwelt
ice age Eiszeit
to zoom in *hier:* näher kommen
meltdown Schmelze
to drown untergehen
coward Feigling
to accept akzeptieren

"Yes. But it's not so bad now. I'm trying to put it behind me and move on."
Es klopfte an der Tür.
"Yes?"
"Alison? Would you mind **giving me a hand**?" Ihre Mutter lugte durch den Türspalt. Sie lächelte, als sie die beiden sah. "I need your help, and your brother's too."
"Can I do something, Mrs Delaware?", bot Helena an.
"Call me Betsy, please. Well, if you want to …"
"Sure!"
Helena und Alison sprangen vom Bett und eilten hinter Mrs Delaware die Treppe hinunter. Unten wartete Andy. Alison ging mit erhobenem Zeigefinger auf ihn zu. "And don't you dare **hassle** my friend Helena again, or we'll give you an ice-cold shower and make you shiver!"
Andy starrte die beiden abwechselnd mit großen Augen an. Helena war glücklich, Alison hatte sie ihre Freundin genannt! Sie stupste im Vorbeigehen Andys Nase. "This is your **final warning** …" Er schüttelte sich und flitzte die Treppe hinauf.
Aber seine Mutter rief ihm hinterher: "Come back here, you! Andy! It's your turn to do the downstairs bathroom."
Er schrie zurück. "I'll do it later!"
"No arguing!"
"It's such **a hassle**, Mum, why can't I do it another time?"
"It's a hassle for everybody, dear. Hurry up and you'll be finished soon."
"But I wanted to go and meet some friends."

---

to give sb a hand jdm behilflich sein
to hassle sb jdn nerven
final letzte
warning Warnung
to be a hassle lästig sein

"It'll only take you a couple of minutes, the way you do it. No more arguing. Here's a **cloth** and here's the **cleaning fluid**. **Get started**, darling."

Mrs Delaware wurde Helena immer sympathischer und es tat ihr leid, dass sie den ganzen Tag weg gewesen war, ohne ihr Bescheid zu sagen. "I'm sorry, Mrs, ähm, Betsy, that I didn't give you a call this afternoon. I promise it won't happen again."

"Never mind, Helena, it's all right." Mit diesen Worten drückte Mrs Delaware ihrem Gast Eimer und Putzmittel in die Hand.

Gerade als Helena Alison folgen wollte, klingelte das Telefon.

"I bet it's your mum again", frotzelte Alison, aber diesmal lachten sie beide darüber.

Es war tatsächlich Helenas Mutter.

"How are you, my love? We miss you a lot!"

"I miss you too, sometimes", erwiderte Helena ehrlich. "But I'm having a good time, too. It's very nice being here, and I really love this family!"

Mrs Delaware lächelte, Alison kicherte und Andy streckte ihr die Zunge heraus.

"Love?", hakte ihre Mutter irritiert nach.

> cloth Lappen
> cleaning fluid Putzmittel
> Get started. Fang an.

"Naja, well, you know what I mean. I mean, they're interesting, and funny, and friendly ... Betsy is a wonderful cook ... but I miss your cooking too, Mum."

"What about school?"

Warum musste sie das denn jetzt wieder fragen? Immer hatte sie nur dieses Lernen im Kopf!

"School's all right, but I'm on holiday too. And now I want to help clean the house before dinner, so I can't talk to you for long."

Ihre Mutter war offensichtlich irritiert, aber das musste sie jetzt aushalten. "Well, then ... bye bye, my love. I'll call again tomorrow."

"Mum, tomorrow I might be in late, because I'll be going out with Alison. So please could you call in two or three days? I'm fine, really. We don't need to talk every single day."

> **Dover sole**
> Seezunge
> **baked potato**
> Ofenkartoffel
> **what on earth**
> was in aller Welt

Schweigen am anderen Ende. "What time do you have to be home?"

"I don't know, Mum, I've never been back late before. And I'd never go out alone at night, don't worry."

"Well, can I talk to Mrs Delaware for a minute?"

"Sure. Bye bye!"

"Bye bye."

Vermutlich würde ihre Mutter Mrs Delaware ausfragen, wann sie abends zu Hause sein musste. Aber das war Helena piepegal. Sie sprintete nach oben und putzte ihr eigenes Bad, bis es blitzte. Später saß sie völlig mit sich und der Welt zufrieden zusammen mit Alison und Andy am Abendbrottisch.

"What's this?", fragte sie und starrte auf den Teller.

"**Dover sole** and **baked potatoes**", kam die Antwort von Andy wie aus der Pistole geschossen.

Dover sole, **what on earth** is that?, dachte Helena. Und dann beschloss sie, einfach alles zu essen, was man ihr auftischte, egal wie es aussah.

OUT WITH ALISON

Am nächsten Tag holte Alison sie von der Schule ab. Sie hatte sich besonders punkig herausgeputzt und viele steckten ihre Köpfe zusammen, als sie Helenas neue Freundin erblickten. Let them look as much as they want, I don't give a damn, dachte Helena und eilte zu ihr.

"Now, let's go for a latte", schlug Alison vor und hakte sich bei ihr ein, was bei den andern zu Getuschel führte.

"For what?", fragte Fiona, die hinter Helena auftauchte.

"A latte macchiato. An espresso with lots of milk. Who are you?"

Fiona streckte Alison die Hand hin und drückte fest zu. Alison erwiderte dem Griff, ohne mit der Wimper zu zucken.

"My name's Fiona, I'm from Holland and I'm the coach of the baseball team."

Helena grinste. "Well, we don't have a full team yet, do we?"

Fiona zuckte die Achseln. "Not yet, but soon. Would you mind if I joined you for that latte?"

Helena und Alison sahen sich an. Eigentlich hatten sie vor, Malte zu verfolgen. Als er kam, lächelte er charmant in die Runde. "Hey, stell mich doch mal deiner Freundin vor. Die geht wohl nicht hier auf die Schule, oder?"

"No, and she doesn't understand a single word of German. So please speak English. This is Malte …"

Malte lächelte Alison an.

"And this is my friend Alison."

OUT WITH ALISON

"Wow", grinste er. "Where did the two of you meet?"
"She's the daughter in my guest family."
"It's a shame I'm not staying there with the two of you. **Whereabouts** in London are you, anyway?", erkundigte er sich bei Helena.

> **whereabouts**
> wo etwa
>
> **pretty**
> ziemlich

In Helena jubelte es. Now he's interested in me again!, dachte sie.
"We live in Kensington. What about you?", kam Alison ihr mit der Antwort zuvor.

"Oh, I have to travel a lot on the wonderful London Underground. I'm staying in Richmond, which is **pretty** far away." Er grinste breit. "But my home is my castle, isn't that what you say? May I join you girls for a latte some other time? Tomorrow, maybe? I have to go home now, because today's the birthday of one of the kids I'm staying with. It's a shame, though; I'd really like to come with you!"

Die Verfolgungsjagd hatte sich damit erledigt.

"We're not sure yet what we're going to do tomorrow. We might go swimming instead." Alison hielt ihn auf Abstand, aber Helena hätte sich am liebsten gleich für morgen mit ihm verabredet.

"Well, think about it and let me know." Malte verabschiedete sich von ihnen und zog von dannen.

"We could go with him for a coffee tomorrow! Why did you say you don't know yet?", hakte Helena nach.

"Let's find out more about what he's doing first", flüsterte Alison ihr zu, als Fiona gerade abgelenkt war, weil ein Junge sie nach dem Baseball-Training fragte. Dann spazierte sie los.

Fiona unterbrach ihr Gespräch mit dem Jungen sofort. "Where are you going?", erkundigte sie sich, wartete die Antwort aber nicht ab. "Do you know where I can get a baseball bat and ball?"

"Well, we could go for a latte in Portobello Road", schlug Alison vor. "You can get nearly everything there. Maybe you can find your stuff while we have a drink."

Das ließ sich Fiona nicht zweimal sagen. Sie liefen durch Straßen mit prachtvollen Häusern und landeten bald in der Portobello Road, in der alles viel kleiner war als sonst überall. Die Schaufenster und die Tische davor quollen über von lauter antikem Krimskrams. Immer wieder hielt Fiona Ausschau nach einem Baseball oder einem Schläger, aber auch Alison blieb oft stehen und durchstöberte die Auslagen. "I often find something here; a belt, or earrings, clothes – things nobody else is wearing."

"But most of the clothes are second-hand", stellte Helena fest.

"**So what?** We've got a **washing machine**!" Alison lachte. "That's the good thing about them – they're much more original than stuff from the **chain stores**."

Fiona war total begeistert. Sie entdeckte gleich mehrere Läden, die funktionstüchtiges Baseball-Zubehör anboten. "This is a great street, I love it. It's amazing what you can find here!", rief sie.

Alison steuerte auf ein Café zu. "It's all **organic** and **fair trade**", erklärte sie den beiden, als sie vor der Theke in

> So what?
> Na und?
>
> washing machine
> Waschmaschine
>
> chain store
> Kettenladen
>
> organic
> ökologisch angebaut
>
> fair trade
> fairer Handel

der Schlange standen, um ihre Bestellungen aufzugeben. "What would you like to drink? A tall latte?"
"I want a tall hot chocolate please!" Fiona war völlig verrückt nach heißer Schokolade, wie sich herausstellte. Als sie draußen in der Sonne saßen, war sie nicht zu beruhigen, weil die Schokolade so "amazingly good" schmeckte. "So, what are our plans for the rest of this beautiful day?", fragte sie selbstbewusst.
"Well, don't you have anything else to do?", fragte Alison ebenso selbstbewusst und grinste Fiona an.

> **afterwards**
> danach

"Well, we don't have enough people for the baseball team yet, and I didn't have a bat and ball, so we couldn't start practising today. But we will tomorrow. Don't you want to join us? We'd have a full team then. You'll love baseball."
Alison lachte. "Why not? I'm on holiday, after all. If Helena joins, I'll join, too. We could go for a swim in the Serpentine **afterwards**... Yeah, sounds good to me. Okay, you've convinced me."
Fiona jubelte: "I've got a team, I've got a team!" Und die Leute drumherum schienen sich mitzufreuen, ohne zu wissen, worüber.
Hier sah sich übrigens keiner nach Alison um. Anders als an der Schule und sicherlich auch anders als zu Hause in Deutschland schien sich hier absolut niemand für die Kleidung der anderen zu interessieren. Überhaupt waren die Menschen nicht so proper und auch nicht so langweilig gekleidet, wie Helena es sonst gewohnt war. Es schien hier keine 'Mode' zu geben, keinen Einheitslook, jeder hatte anscheinend seinen ganz

eigenen Stil. Eine junge Frau trug eine Pyjamahose – und niemand störte sich daran oder schien es auch nur zu bemerken.

Als ein Taxi vorbeifuhr, ertappte sich Helena dabei, wie sie nach dem Fahrer spähte und ihr Herz dabei klopfte. Plötzlich war ihre Erinnerung an Gordon und seine 'Entführung' so präsent, als sei es gerade eben erst geschehen.

Aber es war natürlich nicht Gordon, der in dem Taxi saß.

patient	geduldig
workaholic	Arbeitssüchtiger(in)

"Did you find out anything yet about that taxi driver?", fragte Helena – allerdings erst, als Fiona sich den nächsten Kakao holte.

"Not yet. You'll have to be **patient**, it won't be easy."

"Are there many poor people in London?", fragte Fiona, als sie mit dem zweiten Kakao in der Hand zurückkam.

"Yes", meinte Alison, "there are. Some of them don't really have anything to live on. Look at this woman in the wheelchair – she lives round here, and she's got nothing. But whenever I see her she always seems to be happy. Or look at that old man." Sie deutete auf einen alten Mann, der an einem Marktstand vor den Orangen stand. "I guess he's wondering whether he can afford an orange or not. On the other hand, a lot of people in London are very rich. If you go to the City you'll see people who are real **workaholics**, always busy, always on the mobile, always being important. But for many people here it's quite different. Do you like this area?"

Helena schaute sich um. Die Straße war hier von kleinen Marktständen gesäumt, an denen Brot, französischer Käse, Obst und Gemüse verkauft wurde. Dazwischen gab es Haushaltsartikel, Antikes, Klamotten. "I do like it. It's very different from where the school is, and from where you live."

Alison nickte. "Yes, sometimes you just turn into another street and you get the impression you're in a different world. Like Chinatown ... Oh, that **reminds** me that I wanted to take you to Camden Town today. **Are you ready to hit the market**, Helena?"

"Yes", antwortete Fiona schnell. "I want to see everything. I just want to get some of this wonderful **chocolate powder** to take with me – if you don't mind?" Und sie flitzte in das Café.

> to remind sb of sth
> jdn an etw erinnern
> Are you ready to hit the market?
> Bist du bereit, dich in den Markt zu stürzen?
> chocolate powder
> Kakaopulver
> Hang on.
> Warte mal.
> to bump into sb
> jdm zufällig begegnen

Alison und Helena sahen sich an und prusteten gleichzeitig los. "She's pretty crazy, isn't she? But she's actually quite nice", stellte Alison fest. "The three of us make a good trio. The *trio infernale*."

Helena nickte. "Yes, she's funny, I guess. **Hang on** – I just remembered something ... Gordon mentioned Camden Town, too. Maybe we'll **bump into** him there! Maybe he even lives there?" Eine große Hoffnung keimte in ihr auf. Dann war sie plötzlich irritiert. An wem hatte sie denn nun eigentlich mehr Interesse, an Malte oder an Gordon? Sie konnte es nicht wirklich sagen.

Die drei Mädchen stiegen in die U-Bahn. Es war Helenas erste U-Bahn-Fahrt in London.

"How can people read their newspapers in here?",

flüsterte sie Alison zu. Das Licht flackerte ständig und die U-Bahn ruckelte pausenlos, sodass jedes noch so große Schriftbild unleserlich werden musste. Aber irgendwie war es lustig – bis die U-Bahn mitten in einem Tunnel stehen blieb. Das Licht flackerte für einen kurzen Moment, dann fiel es aus und sie saßen im Dunkeln.

"Oh no, how long is this going to last?", flüsterte Helena Alison zu, weil sie eine leichte Panik in sich aufkeimen spürte.

"Just **breathe in and out**, don't think about it", riet ihr Alison. "I know how you feel, but this is quite normal. The train probably just has to wait for another one to leave the next station. Sometimes it takes a couple of minutes. Not long ago, though, a **Tube** train **got stuck** for an hour and a half, and in the end the passengers had to climb out and walk along the **tracks** to get out. Sometimes the Tube is a real **disaster**", seufzte Alison.

to breathe in and out	ein- und ausatmen
Tube	Londoner U-Bahn
to get stuck	stecken bleiben
track	Gleis
disaster	Katastrophe
market stall	Marktstand
canal	Kanal

"An hour and a half?", erwiderte Helena entsetzt.

"Don't worry, it doesn't happen very often", tröstete sie Helena. "But we can take the bus home if you prefer."

Camden Lock und Camden Market ließen Helena die U-Bahn schnell vergessen.

"Okay, let me explain", begann Alison. "In Camden Town you've got some very original designers, lots of **market stalls**, interesting bars and cafés – and over there is the **canal**, look."

Eine alte Schleuse schien der Mittelpunkt des Geschehens zu sein. Hausboote schaukelten auf dem Kanal und überall saßen zumeist junge Menschen in der Sonne und genossen den Tag.

"Oh, it's wonderful!", rief Fiona aus. "Can we have a hot chocolate somewhere and enjoy the view?"

creative kreativ
hairdresser Frisör(in)
takeaway zum Mitnehmen

"But you've just had one", protestierte Alison.

"So what? Who says people shouldn't have more than one hot chocolate a day? Chocolate makes you happy", erwiderte Fiona lächelnd.

"You've had two already", korrigierte Helena.

"Yes, you're right", räumte Fiona unumwunden ein. "I've decided to test all the cafés in London to find the best hot chocolate in town. Follow me, girls!"

Fiona war wirklich eine geborene Führernatur. Helena und Alison folgten ihr. Sie tranken sich durch sämtliche Cafés – und das waren nicht wenige.

"All kinds of people come here, both tourists and Londoners", erläuterte Alison, während Fiona ihre sechste Schokolade probierte. "The shops have all kinds of things. There a lots of very **creative** people working here. I warn you, once you start shopping you'll end up with more bags than you can carry. But now I want you to meet my **hairdresser**. He's a friend."

Helena und Fiona, Letztere mit einer **takeaway** *hot chocolate* bewaffnet, folgten Alison in eine belebte Straße und bestaunten die vielen Läden, die im Wesentlichen Kleidung nach Alisons Geschmack zu verkaufen schienen.

"Look at those **sculptures** on the walls outside the buildings!", rief Fiona begeistert. "Piercings and giant boots and jeans – and fish!"

Der Frisör in seinem kleinen Laden, in dem die Musik aus den Lautsprechern schepperte, war höchstens siebzehn und hatte die Arme voller Tattoos. Er verpasste gerade einem jungen Mann einen Irokesenschnitt.

sculpture Skulptur	
haircut Haarschnitt	
brand new brandneu	
babe Puppe	

"Want another new **haircut**?", begrüßte er Alison. Dann begutachtete er Fiona und Helena. "Or you? I can give you a **brand new** haircut if you want. Not even your friends will recognize you." Er lachte.

Fiona schüttelte den Kopf. "No, thank you."

Helena dagegen juckte es plötzlich in den Fingern: eine neue Frisur? Warum eigentlich nicht? Aber sie traute sich nicht. "Have you any idea how we can find a particular taxi driver?", fragte Alison den jungen Frisör unvermittelt. Helena brach der Schweiß aus, sie spürte, wie sie errötete.

"Are you kidding? There are millions of taxi drivers in London."

Helena rutschte das Herz in die Hose. Sie schielte zu Fiona, die jede Handbewegung des Frisörs verfolgte und dabei an ihrem Strohhalm nuckelte. Sie schien sich nicht dafür zu interessieren, was sie gerade redeten.

"Are you sure there's no way? I always thought if I needed a miracle I would come here and ask you." Alison ließ nicht locker.

"Well, okay, **babe**, you've got me. Tell me more about the driver."

"Male, young, **good-looking**, **mixed-race**, wild hair, name Gordon."

Helena war das alles total peinlich, obwohl niemand wusste, dass es um sie ging.

"And why do you want to find him?"

"Well … er, we lost something in his car …"

"You could ring all the taxi companies", schlug er vor.

"But you'll be on the phone for days."

"Come on, you know so many people – I bet you know a lot of taxi drivers, too", insistierte Alison.

"Okay, okay. I'll do what I can, all right? Just give me a couple of days."

> **good-looking**
> gutaussehend
> **mixed-race**
> *hier:* farbig

Alison gab dem Frisör einen Kuss auf die Wange und lief auf die Straße hinaus.

"Thanks a lot", flüsterte Helena Alison zu, sodass Fiona nichts mitbekam.

"You're welcome", antwortete Alison und zog sie beide in die Markthalle. "I'll show you my favourite bit now. It's called the Stables – it was a horse hospital a long time ago. Now it's full of artists and food shops."

Sie liefen stundenlang herum, bewunderten Künstler, Maler, Designer und die bronzenen Pferdestatuen, die hier überall herumstanden. In den kleinen Pferdeboxen selber stellten Antiquitätenhändler ihre Ware aus. Alison hielt die beiden die ganze Zeit über an der Hand, damit sie nicht verloren gingen.

Am Abend, nachdem sie mit einem Doppeldeckerbus noch ein bisschen kreuz und quer durch London gefahren waren, brachten sie erst Fiona nach Chelsea, wo ihre Gastfamilie wohnte, und landeten schließlich hungrig am Abendbrottisch der Delawares.

"Today is comedy day!" Andy polterte die Treppe hinunter.

"It's our family television evening", erklärte Betsy Delaware Helena. "I wonder if you'd like to join us?"

Helena nickte und starrte auf den Teller. Das Fleisch lag in einer geradezu abartig grünen Soße. Sie dachte nicht weiter darüber nach und aß einfach.

> **to set the alarm**
> den Wecker stellen

"By the way, your mother called to ask how things were. I told her that you were out with Alison and that you'd be back soon for dinner. I suggested you called her tomorrow. She seemed okay with that."

"Thanks a lot, Betsy", sagte Helena dankbar. Dann war das also auch erledigt, und gegen einen gemütlichen Fernsehabend mit der Familie hatte sie ganz und gar nichts einzuwenden. Auch Mr Delaware gesellte sich dazu und sie hatten alle ihren Spaß. Helena genoss es, zwischen Alison und Betsy auf dem Sofa abzuhängen, sich von dem allgemeinen Gelächter anstecken zu lassen, auch wenn sie nicht alles verstand, und nichts tun zu müssen – kein Lernen, kein Druck, keine Termine, keine Berichterstattung. Einfach nur ... sein.

Am folgenden Morgen verschlief sie schon wieder! Sie schien sich langsam daran zu gewöhnen. Ob sie nun total verlotterte, wie ihre Eltern sicherlich befürchten würden? Mr und Mrs Delaware waren schon aus dem Haus, Betsy hatte sie gestern extra noch darauf aufmerksam gemacht: "**Set** your **alarm** for tomorrow,

please, Helena; Tony and I will be going out very early, and Alison and Andy always sleep late." Aber Helena hatte es schlichtweg vergessen. Wenn sie ein Taxi nähme, hätte sie eventuell eine Chance, dass Gordon …?
Eilig zog sie sich an, klopfte bei Alison und steckte den Kopf durch den Türspalt. "I'm late again! Will you come and pick me up after school?"
"Yeah, I'll be there", grummelte es aus dem Kissen.
Helena rannte los, schaute in vorüberfahrende Taxen – aber kein Gordon war in Sicht. Enttäuscht nahm sie den nächsten Bus.

"What are you doing today? Are you going somewhere with your friends?" Malte setzte sich in der Pause neben sie und Fiona.
"We start the baseball team practice today", verkündete Fiona freudestrahlend und hielt Schläger und Ball wie Trophäen in die Luft.
"But you don't have enough people in your team yet, do you?", erkundigte er sich. Er wirkte nicht sonderlich begeistert. "You should have told me before. I can't practise today, I've got to meet someone after school."
Helena war enttäuscht. Wollte er nicht ursprünglich heute mit ihnen ins Café gehen? Das hatte sich damit wohl erledigt.
Ebenso enttäuscht schaute Fiona ihn an. "Can't you meet them later?"
Malte schüttelte den Kopf. "No, it's important."
"What can be more important than sport?", erwiderte Fiona mit ihrem schrägen holländischen Akzent. "I can't think of anything."

"I bet", flüsterte er und zwinkerte Helena zu.
"All right", machte Fiona einen Rückzieher. "Then we'll have our first practice tomorrow instead, straight after class."
Malte zog Helena zu sich heran und flüsterte in ihr Ohr: "Ich bin nur dabei, wenn du und deine Freundin auch mitmachen. Also lasst mich nicht allein mit ihr!" Zu Fiona sagte er: "I'll let you know later, I have to go back to my class now." Er sprang auf und schlenderte, die Hände in den Hosentaschen, in Richtung Schulgebäude.
"I don't really trust him", murmelte Fiona. "It would be great to have him in the team, though."

Nach dem Unterricht wurde Helena wie verabredet von Alison erwartet. "Today we're going to follow Malte", flüsterte sie gerade rechtzeitig, bevor er auftauchte, dicht gefolgt von Fiona.
"We start tomorrow!", sagte Fiona beschwörend.
"Start what?", fragte Alison irritiert.
"You haven't forgotten our baseball practice, have you?", fragte Fiona entrüstet zurück.
"Oh, no, of course not", beeilte sich Alison zu versichern. "All right, I'll be there tomorrow."
"So we'll all be on the team together, won't we?", bemerkte Malte.
"Clever boy", sagte Alison und lächelte.
Er lächelte leicht verunsichert zurück. "I'm sorry, but I have to go now. I've got to meet someone", erklärte er mit rollenden Augen, als ob er sagen wollte, dass ihn diese Verabredung nervte. "We could go for a latte to-

morrow after baseball practice, if you have time." Und dann zog er ab in Richtung U-Bahnstation.

"Tomorrow, tomorrow, tomorrow. I'm telling you, he's a **liar**. I don't trust him", schimpfte Fiona leise. "I wonder whether we can **rely on** him to be in the team?"

"I don't know, but right now we're going to follow him!" Alison lief los.

Fiona starrte sie an. "You want to follow him? What for? I thought we could go and have a nice …"

> liar Lügner(in)
> to rely on sb
> sich auf jdn verlassen
> to be a good kisser
> gut küssen können

"… hot chocolate?", riefen Helena und Alison wie aus einem Munde, lachten und rannten los in die Richtung, in die Malte verschwunden war. Wie zu erwarten ließ Fiona sie nicht allein.

Es folgte eine aufregende U-Bahn-Fahrt, bei der Helena hauptsächlich tief durchatmete und die beiden andern an jeder Haltestelle aus dem Fenster lugten, damit Malte nicht entwischte. Dann eine wilde Umsteigeaktion, bei der er sie nicht sehen durfte, bevor es mit einer anderen Bahn weiterging. Schließlich standen sie vor St. Paul's Cathedral.

"What on earth is he doing here? He's not the kind of person who's interested in culture, and I bet he's not religious either", stellte Fiona stirnrunzelnd fest.

"Never judge a book by its cover", wies Alison sie zurecht.

"You don't know him really. He can be very nice", verteidigte ihn auch Helena.

"Right. And I bet he'**s a good kisser**, too", brummte die Holländerin.

Sie schlichen hinter Malte her, der offensichtlich keinerlei Verdacht schöpfte. Er spazierte zur Eingangstür – und wurde dort von einem hübschen dunkelhaarigen Mädchen erwartet.

"See? I told you. Come on, Helena, he's not **worth** it. Let's go for …" Fiona machte Anstalten zu gehen.

"No hot chocolate yet", fiel Alison ihr ins Wort und zog sie mit sich in die Kathedrale.

Fiona brach in Begeisterungsstürme aus. "Oh, my God! It's so damn beautiful!"

> worth wert
> Not exactly.
> Knapp daneben.

"You should come here with my father. He can talk for hours about the architecture", schlug Alison ihr seufzend vor. "And please don't swear in here, it's still a church even if it looks like a tourist attraction."

"I'd love to come here with your father! Is he a tour guide?"

Helena und Alison grinsten sich an. "**Not exactly.** He's an architect", erklärte Alison.

Malte und das Mädchen schlenderten unterdessen gemütlich in Richtung Krypta, die Kellergewölbe, die Helena auch noch nicht gesehen hatte. Um nicht aufzufallen, konnte immer nur eine hinter ihnen hergehen. Also trennte sich Alison von Helena und Fiona, um Malte und das Mädchen im Auge zu behalten, während die beiden andern sich versteckten. "Have a look, Helena. They even have memorials to doctors."

Neugierig studierte Helena die Inschriften für Ärzte und Pharmazeuten, die sich in besonderem Maße für die Menschheit eingesetzt hatten. Helena schluckte. So hatte sie den Beruf ihrer Eltern noch nie gesehen. Aber ihr blieb nicht viel Zeit zum Nachdenken, denn da flitzte Alison schon um die Ecke. "Watch out, they're coming. Hide somewhere!"

Sie liefen schnell in die andere Richtung und verbargen sich hinter Säulen und Mauervorsprüngen.

"They're going up to the Whispering Gallery. Let's follow them", sagte Alison, als Malte und das Mädchen außer Sichtweite waren.

Fiona machte große Augen. "The Whispering Gallery? What's that?"

> Save your breath!
> Pass auf, dass dir die Puste nicht ausgeht!
> to climb hochsteigen

"You'd better **save your breath**; we have to **climb** some stairs", sagte Helena.

Wenn Fiona gewusst hätte, wie viele Stufen sie erklimmen mussten, hätte sie von diesem Aufstieg möglicherweise Abstand genommen.

"Do you want to go back?", fragte Alison.

Aber das wollte Fiona auf keinen Fall. "I never give up half-way", kommentierte sie schnaufend.

Oben angekommen, gab Alison ihnen ein Zeichen, in die Hocke zu gehen, und dann krabbelten sie unter den amüsierten Blicken einiger Touristen ein Stückchen weiter, setzten sich auf den Boden und legten die Ohren an die kühle Wand der Kuppel.

"Can you hear me, Malte?"

Es war nicht zu überhören, was das Mädchen der Wand zuflüsterte. Sicher dachte sie, ihre Unterhaltung sei vertraulich, weil sie flüsterte, aber dem war ganz und gar nicht so. Die drei konnten jedes geflüsterte Wort hören.

"Yes, I understand you perfectly! It's crazy!"

"You do remember, don't you?"

"Yes, er, all right."
"Come on, Malte. Tell me."
"You're so beautiful."
"Thank you. I knew you liked me."
"I do. I adore you."
Helena spürte Wut in sich aufkeimen. Was redeten die da für einen Blödsinn? Wie schmalzig das klang!
"It sounds too good to be true."
"But it is true. I swear I will always be **true** to you."
"And I'll always trust you, always!"
Wenn die wüsste!
"Your skin is so soft, like **silk**."
"Darling, you're so sweet."
"And your eyes are like the sky."

> **true** *hier:* treu
> **silk** Seide
> **including** einschließlich

"Well, now we all know that she's got blue eyes", kommentierte Fiona trocken. Leider flüsterte sie dabei und die drei sahen sich mit schreckgeweiteten Augen an.
"If you whisper, Fiona, everybody can hear you, **including** Malte!", schimpfte Alison.
"Shit! I mean, sorry!" Fiona hielt sich die Hand vor den Mund.
"We'd better get out of here", sagte Helena leise.
Auf allen vieren düsten die drei in Richtung Treppe, vorbei an dem Mädchen, das soeben von Malte beflüstert worden war und ihnen völlig verständnislos nachblickte. Dann rannten sie die Treppe hinunter, als sei der Teufel hinter ihnen her. Um keinen Preis wollte Helena von Malte dabei erwischt werden, wie sie ihm nachlief. Er sollte bloß nie wieder auf die Idee kommen, er könnte ihr wichtig sein. Er schien ja so ziemlich alles anzubaggern, was weiblich war!

Als sie unten ankamen, sprach ein Priester gerade besinnliche Worte zu einem kleinen Grüppchen Zuhörer, das in der riesigen Kirche ein wenig verloren wirkte. "... the **diversity** of human beings ...", schnappte Helena auf, während sie völlig außer Puste hinter einer Säule stehen blieben und erst mal verschnauften. Aber Malte schien sie sowieso nicht zu verfolgen, er hatte vermutlich keinen Verdacht geschöpft und flüsterte der Blauäugigen immer noch **sweet nothings** in ihre zauberhaften Öhrchen.

> diversity Vielfalt
> sweet nothings süße Worte
> to honour ehren
> peace Frieden
> happiness Glück
> affected betroffen
> For Thine is the kingdom, the power and the glory Denn dein ist das Reich, die Kraft und die Herrlichkeit

"We **honour** all those who work for **peace** and the **happiness** of others. We also remember all those living with disease, and those **affected** by natural disasters ..." Helena versuchte zu verstehen, was der Priester erzählte. Ein wenig Ablenkung konnte ihr jetzt nur guttun. "... **For Thine is the kingdom, the power and the glory** ..."

"Come on, Helena, you can go to church some other time. We have to get out of here!" Alison zog sie auf die Straße, in die heiße Nachmittagssonne und weiter in Richtung Themse.

"I didn't like Malte from the very beginning", zog Fiona ihr persönliches Fazit.

Alison beschwichtigte: "Well, he's only human. And if all the girls adore him – maybe he hasn't met a girl yet he really fell in love with. He might change if he does."

Sie gingen an der Themse entlang und folgten Alison bis zum Trafalgar Square.

"It's nice there, very **crowded** but a good place to hang around and watch people", meinte sie.

Natürlich mussten sie dann an einem der unzähligen Starbucks-Coffeeshops Halt machen, um diverse Kakaos zu sich zu nehmen. Helena war alles gleichgültig. Sie war fertig mit Malte.

"There are more important things in the world than boys", versuchte Fiona sie zu trösten. "First of all, we girls should always **stick together**. **Secondly**, we're more intelligent than they are. **Thirdly**, there's so much else to do apart from thinking about boys, **such as** …"

"You're right, maybe we don't need them", unterbrach Alison Fionas feministischen Redeschwall, "but it's fun to have them anyway."

"Oh, is it?", fragte Fiona.

"Have you ever been in love?", fragte Helena.

"Never", sagte Fiona und trank ihren Kakao. "Most boys are too stupid for me."

Helena musste lachen. Sie mochte diese schrille Holländerin immer mehr.

"But we have to do something about Malte", fuhr Fiona mit einem Kakaobart auf ihrer Oberlippe fort. "I'd really like to **teach** him **a lesson**. He hasn't been nice to you, and you're my friend. So let's think of some way we can …", fuhr Fiona fort.

"I've got it!", rief Alison, die sich mitten zwischen unzähligen Touristen auf eine riesige Treppe hatte fallen lassen. Sie erklärte Helena und Fiona ihre Idee und beide brachen in schallendes Gelächter aus.

---

crowded voll
to stick (stuck, stuck) together zusammenhalten
secondly zweitens
thirdly drittens
such as wie zum Beispiel
to teach sb a lesson jdm eine Lektion erteilen

Sweet Revenge

Am Abend baten Alison und Helena den widerstrebenden Andy in Alisons Zimmer.

"What do you want?", wollte er zuerst wissen und blieb mit Sir Henry in der Tür stehen.

"Come on in, we won't bite you. Listen: we need your help."

Andy schaute sie mit großen Augen an und schloss nun doch die Tür hinter sich und dem Hund, der nicht von seiner Seite wich.

> **revenge**
> Rache
> **to lend (lent, lent)**
> leihen
> **to get**
> *hier:* kapieren

"What do you want me to do?" Kritisch beäugte er Helena und seine Schwester.

"We need you, and maybe some of your friends, and some water pistols!", flüsterte Alison verschwörerisch. Sie wusste, wie sie ihren Bruder einwickeln konnte.

"Okay, no problem. What's our mission?" Jetzt war er gespannt wie ein Flitzebogen.

"There's a boy who's been doing things we don't like. And we want you to give him a nice cold shower to wake him up."

Andy schaute argwöhnisch drein. "Why don't you do it yourself? I can **lend** you my super-soaker gun, and the smaller pistols too."

"Listen, we can't do it ourselves because we don't want him to recognize us."

Andy schien ratlos. "I don't **get** this ..."

"There's no need for you to understand, just trust me. He's not really a bad guy, he won't hurt you. He'll just

be shocked, and you'll be gone before he has time to **react**."

Andy dachte kurz nach und kraulte dabei Sir Henry. Dann nickte er. "All right, I'll call some friends and ask them to bring their water pistols. When shall we do it?"

"Tomorrow?", fragte Alison ihn.

"Tomorrow's fine", meinte er. "I'll start organizing the **attack**."

to be shocked	erschrecken
to react	reagieren
attack	Angriff
to run like hell	rennen, als wäre der Teufel hinter einem her

Am nächsten Morgen drehte sich Helena im Bett um, nachdem der Wecker geklingelt hatte, und schlief sofort wieder ein. Sie kam also wieder zu spät, wenn auch nur eine halbe Stunde.

Der Lehrer nahm sie in der Pause zur Seite. "What's wrong with you? Are you okay? Are you ill or something? Can I help at all?"

Sie wimmelte ihn ab. "I'm so sorry, I've just got my ... you know, women's stuff – and it's always really bad in the morning. I'll be better soon."

Der Lehrer gab sich mit ihrer Auskunft zufrieden. Jedenfalls schien es Helena so.

Nach dem Unterricht fand das erste Baseballtraining statt.

"You have to **run like hell**!", schrie Fiona immer dann, wenn der Ball flog. Die beste Schlägerin war Helena, das hatte sie wahrscheinlich ihrem Tennistraining zu verdanken. Alison und Malte dagegen waren gute Läufer.

Schweißgebadet saßen sie hinterher zusammen und reichten die Wasserflasche herum. Alison hatte sich in eine Ecke verzogen und telefonierte leise mit ihrem Bruder. Danach verwickelte sie Malte in ein Gespräch, was ihr nicht schwer fiel.

"How do you like London so far, Malte?"

"It's great, I love it. People are so nice and polite. They don't push to get onto the bus, and they always say sorry, even if something wasn't their **fault**. I like Londoners a lot."

"Especially the girls, it seems", murmelte Fiona, die als Einzige nicht schwitzte. Klar – sie hatte ja auch nur die anderen herumgescheucht.

"Pardon?", hakte Malte nach, bekam aber keine Antwort und fuhr fort: "I like the fact that this city is so **multicultural**. And **guess what**: yesterday I went to see St Paul's Cathedral. It's fantastic!"

> **fault**
> Schuld
> **multicultural**
> multikulturell
> **Guess what!**
> Stellt euch vor!
> **to joke around**
> Quatsch machen

"Did you go there alone, or with your guest family?", erkundigte sich Alison so unschuldig, wie sie nur konnte.

"The daughter of the family offered to go with me. She's really nice. We had a lot of fun **joking around** in the Whispering Gallery …"

Alisons Handy klingelte. Sie antwortete wortkarg. "Yes? All right. Fine."

Malte lächelte, wie nur er lächeln konnte, und Helena schwankte. Vielleicht hatte er dem Mädchen gestern gar keine Komplimente gemacht, vielleicht war das nur ein Spiel der beiden gewesen und die nun folgende

Lektion war total unfair? Aber nein, diese schmalzige Flüsterunterhaltung war eindeutig gewesen.

"Girls, we've got to go now, my friends are waiting for me." Alison sprang auf.

"Oh, are you meeting someone?" Malte schaute bedauernd auf seine Uhr. "What a shame. I thought we could go for that latte today."

> to surprise sb
> jdn überraschen

"Maybe tomorrow", erwiderte Alison achselzuckend. "Well, probably not, because it's the weekend. We'll have to wait until Monday. May I come with you next week?"

"Maybe, baby", flirtete Alison ihn auf einmal an. Malte errötete, was Helena mit Erstaunen registrierte.

Er verließ den Schulhof mit ihnen und entfernte sich dann in die andere Richtung.

Auf der Straßenseite gegenüber wartete Andy mit seinen Freunden. Alison zeigte auf Malte, der nichts ahnend um die nächste Ecke zur U-Bahn-Station bog. Die Jungen eilten hinter ihm her und mit etwas Abstand folgten die drei Mädchen. Das Schauspiel wollten sie sich nicht entgehen lassen.

"This'll **surprise** him", freute sich Fiona.

Sie lugten um die Ecke und beobachteten, wie Malte gerade in den U-Bahn-Eingang lief, dicht gefolgt von der Jungenbande. Und dann schossen alle auf einmal mit ihren gigantischen Wasserpistolen auf ihn und johlten: "Save your power, take a shower!" Der völlig überrumpelte Malte stand da und war komplett durchnässt.

"And tomorrow we'll get them to go and do it to some

punks near Westminster Abbey, too", kicherte Alison, schüttelte dann aber den Kopf, drehte sich abrupt um und lief in Richtung Park, gefolgt Helena und Fiona.

Schweigend spazierten sie durch die Grünanlage bis zur Serpentine, ein See, die in Wahrheit aussah wie eine Gurke oder Zucchini. Hier war heute sehr viel los.
Fiona musste mal und verschwand in einem Toilettenhäuschen.
"Did you think it was funny, soaking Malte with the water pistols?", fragte Helena, die mit Alison draußen wartete.
"Honestly?"
"Honestly."

> **childish**
> kindisch
> **to get into trouble**
> Ärger bekommen

"No. Not at all. It was a stupid, **childish** idea of mine and now I just hope that Andy didn't **get into trouble** with any of the other people who were there. Malte wasn't the only one who got wet."
Oje! Das hatte Helena gar nicht bedacht. "I guess we should have stayed there just in case …"
"Yes, we probably should have. But it's too late now. I hope they'll be here soon."
"Did you tell him to meet us here?"
"Yeah. I have to buy them all mountains of ice cream. They should be here by now."
In dem Moment sah Helena Andy und seine Freunde auch schon kommen. Sie schienen gut gelaunt zu sein, es war ihnen wohl nichts Schlimmes widerfahren.
"That was really fun!", schwärmte Andy und die anderen stimmten ihm zu. "We ran away as fast as we could,

because it wasn't just your friend who got wet, some other people did too. **Luckily** most of them were laughing about it, so we had time to run away before anyone thought of running after us. Now you **owe** us some ice cream. I'd like raspberry and chocolate with chocolate sauce, please."

"I'm glad it went well", seufzte Alison erleichtert.

"Me too. Thank you, by the way, because you did it for me", meinte Helena.

"I don't know, really, whether I did it for you", sagte Alison nachdenklich.

"**Whatever** – I'll pay the **expenses**."

Bevor Alison protestieren konnte, wurden sie beide mit einem riesigen Wasserschwall aus ungefähr vier Wasserpistolen schachmatt gesetzt.

luckily
zum Glück

to owe
schulden

whatever
wie auch immer

expenses
Unkosten

DANGER APPROACHING

Als sie am Abend nach Hause kamen, saßen Mr und Mrs Delaware in der Küche und warteten bereits auf sie.

"We've got a problem, Helena", sagte Mrs Delaware ernst.

> to approach
> anrücken
> What's going on?
> Was ist los?

Helena blieb fast das Herz stehen und auch Alison sah schockiert aus. Andy verzog sich sicherheitshalber gleich mit Sir Henry in den Garten, aber was nun kam, hatte nichts mit ihrer Wasserpistolenaktion zu tun.

"Your teacher called me this morning to find out why you've been coming late. But you told him something different to what I said, so he called your parents, too."

"Oh no!", entfuhr es Helena.

"Your mother called here a few minutes ago, wondering where you were. She wants to talk to you immediately."

Helena wählte zitternd die Nummer ihrer Eltern. Ihre Mutter war sofort am Apparat.

"**What's going on** over there?", fragte sie mit bebender Stimme. Das verhieß nichts Gutes.

Mrs Delaware schloss leise die Küchentür. Die ist diskret, dachte Helena dankbar, während ihre Mutter am anderen Ende immer lauter wurde.

"Why were you late for school? Do you know how much

we're paying for it? Apart from that, we're worried! Are you ill? What's going on? Do you need help? Shall we come over?"

"No, Mum, let me explain. I didn't feel well this morning because I got my **period**, you know, and I didn't want to …"

"But you can talk to their daughter, she'll help you to get what you need!"

"That's not the problem, Mum! I can do that myself, I just …"

"Helena! So you're not ill? You're all right? That's the most important thing. And you'll be at school on time next week? Can you promise me that?"

Ihre Mutter hörte ihr gar nicht zu, sie schien sich nicht wirklich für die Wahrheit zu interessieren. Nur dafür, dass sie brav und pünktlich in der Schule erschien und dass sie immerzu Englisch redete.

> period
> Menstruation

"Yes, Mum", seufzte sie ergeben. "Bye, Mum. Give Dad a kiss from me."

Helena legte auf und ging wieder in die Küche.

Sie war sauer auf ihre Eltern, enttäuscht von Malte, hoffnungslos, was Gordon betraf, und hatte keine Lust mehr, auf irgendeine Schule zu gehen.

Den ganzen Samstag verbrachte sie mit Fiona und Alison in Camden Town. Alison trank sogar ein Bier. "Years ago even small children used to drink beer in London. Do you know why? The river was so dirty that you couldn't drink the water, so they had to drink beer, even before school."

"Maybe I should try that too", seufzte Helena. "Right now everything just seems hopeless."

Fiona widersprach ihr energisch. "**Alcohol** would just make it worse. It destroys your **brain cells**."

"Maybe", erwiderte Alison gleichmütig. "But one bottle isn't going to hurt me … I'm sorry, Helena, my friends don't seem to be having any luck finding Gordon. Sorry. I'm no help at all."

"Gordon?", fragte Fiona verständnislos und wurde nun endlich von Alison aufgeklärt.

"I have to do *something* now, otherwise I'll go crazy! I need a change – any change. I don't care what it is", sagte Helena und stand entschlossen auf. "I think **the least** I can do is get a new haircut. Who's joining me?"

Als sie zwei Stunden später den Frisiersalon verließen, waren Helenas Haare in Stufen geschnitten und pechschwarz mit ein paar roten Strähnen dazwischen. Aber neue Nachrichten über Gordon gab es von dem netten Frisör leider auch nicht.

"It looks great", lobte Alison ihren Freund und Helena zugleich.

"**Outrageous**", bestätigte auch Fiona.

Helena nickte. Aber sie hatte noch nicht genug, ihr war danach, ihr ganzes bisheriges Leben umzukrempeln. Und bei ihrem Stil würde sie anfangen. "I agree. But now I need new clothes to go with the new haircut", stellte sie trocken fest.

"Good idea", fand Alison. "So what are you waiting for? Let's go and get something."

---

alcohol
Alkohol
brain cell
Gehirnzelle
the least
das Mindeste
outrageous
auffallend

Sie liefen durch sämtliche Läden und statteten Helena komplett neu aus.

"Red **dots** on black shoes, that's crazy!" Fiona war völlig begeistert von Helenas neuen Schuhen.

"Well, they have to go with my new hair colour, don't they?", kommentierte die betont beiläufig. Sie fühlte sich irgendwie wunderbar und gleichzeitig traurig, eine sehr seltsame Mischung. Sie hatte das Gefühl, etwas hinter sich zu lassen, was nie wiederkommen würde. Aber sie war auch neugierig auf das Neue. Und die beste Errungenschaft war eine Tasche, die sie sofort ins Herz schloss.

"A bag that looks like a **coffin**! I don't believe it! A black coffin!"

Sie konnten gar nicht mehr aufhören zu kichern, als Helena mit ihrer schrillen neuen Handtasche, in ihren gepunkteten Schuhen, einer zerrissenen, aber unglaublich teuren Jeans und einem T-Shirt mit der roten Aufschrift 'London Calling' über den Markt spazierte.

"I feel free!", rief sie den Hausbooten zu.

Die Leute darauf riefen zurück: "Free me too, love!" und lachten.

Als sie später im Café saßen und auf das bunte Treiben starrten, war Helena seltsam unruhig.

> dot
> Punkt
> coffin
> Sarg

"Freedom's just another word for nothing left to lose … That's what Janis Joplin sang. And then she died", sinnierte Alison gerade vor sich hin.

"I don't want to die, that's for sure!", sagte Fiona überzeugt.

"Me **neither**", meinte Alison. "But there was a time when I thought I might as well die, because I'd lost something, or rather someone."

"Well if you've got nothing to lose, it also means that you don't care about anything, doesn't it?", fragte Helena. "And that sounds horrible to me." Sie dachte an Gordon und Malte. Es tat weh – aber es war immer noch besser als ein dumpfes Vor-sich-hin-Vegetieren ohne Gefühle.

"It could also mean not caring about what people think of you", fand Fiona. "That sounds like freedom to me."

"Well, that sounds …" Helena stutzte und plötzlich durchfuhr es sie heiß und kalt. "There's Gordon! I don't believe it! It's him!" Sie deutete in die Richtung, in der sie einen jungen Mann entdeckt hatte, der Gordon sein musste. Ihr Herz raste wie ein wild gewordener Affe und in ihren Ohren sauste ein Orkan. Sie sprang auf, bemerkte nicht, dass der Kakaobecher umkippte, und rannte los. Sie kämpfte sich durch die Massen von Menschen, die hier bummelten, und versuchte, zu dem Stand vorzudringen, wo sie Gordon entdeckt zu haben glaubte. Hinter ihr schnaufte Fiona.

"What are we looking for?", rief sie hinter ihr her.

> **neither**
> auch nicht
> **handsome**
> schön

Sie hatte ja keine Ahnung! Helena musste fast lachen, obwohl sie Panik hatte, Gordon in der Menge zu verlieren. "For a **handsome** young black guy called Gordon!", schrie sie zurück.

Dann stand sie vor der Bude, wo sie ihn eben noch gesehen hatte. Er war weg. Helena lief kreuz und quer über den Markt und wurde immer verzweifelter. Sie war so nah dran gewesen, das konnte doch nicht sein! Irgendwann musste sie aufgeben. Sie hatte auch Fiona längst verloren und musste erkennen, dass es aussichtslos war. Er war weg, wieder einmal. 'You always meet twice', hatte irgendwann einmal jemand zu ihr gesagt. "If that's true, that was my second chance. And I don't suppose there will be a third one", murmelte sie und vor lauter Enttäuschung liefen ihr die Tränen über die Wangen.

> **number plate**
> Nummernschild

Wieder bei ihren Freundinnen, ließ sie sich auf den Stuhl fallen. "I lost him", schluchzte sie. "I've no idea where he is. Why didn't you help me find him, Alison?"
"I did."
"You did? Really? Tell me, what did you do?", Helena schaute Alison herausfordernd an.
"I watched him. I watched who he was talking to. I thought it might help. And I saw that he left in a taxi."
Atemlos starrte Helena sie an. "So it *was* him! Did you write down his **number plate**?"
Alison schüttelte den Kopf. "No, it was too far away."
Helena traute ihren Ohren nicht. "So what help was that, then? None at all."
Alison stand auf. "Wait here." Dann ging sie.
"Don't you think she's behaving really oddly today?", wunderte sich Helena nervös.
"No, I don't think so", antwortete Fiona. "Maybe she knew him? Or she might know the person he was talking to. Look, she's talking to the guy at the jewellery stall. That's where you saw him, isn't it?"

Fiona hatte recht. Alison unterhielt sich mit dem Mann an dem Stand, an dem sie Gordon erblickt hatte.

"Or maybe she just wanted to stay and look after your new bag?", fügte Fiona hinzu.

"Oops, I completely forgot about that!", schämte sich Helena.

"You see! It's good to have friends who take care of you."

Helena schaute Fiona an. Ja, sie hatte hier in London wirklich tolle Freundinnen gefunden, das zumindest war sicher.

Es dauerte eine Weile, bis Alison zurückkehrte.

"Did you find out anything?", fragte Helena ungeduldig.

"No, the guy didn't know him. He said he'd never seen him before. I'm very sorry, Helena."

Helena konnte keinen klaren Gedanken mehr fassen, sie wusste nur eins: Egal wie, sie musste Gordon finden!

Glücklicherweise blieb ihr nicht viel Zeit zum Trübsalblasen an diesem Wochenende, weil Mr Delaware alle dazu verdonnert hatte, mit ihm am Sonntag einen weiteren Ausflug zu machen. Und für den Abend hatte er Theaterkarten besorgt. Übrigens fanden Mr und Mrs Delaware das neue Outfit von Helena sehr hübsch, und als Helena dann am Sonntagabend noch die Unterwäsche von Betsy anprobierte, gefiel sie sich selbst so gut wie nie zuvor. If Gordon could see me right now!, dachte sie ein wenig verlegen.

"Pretty woman, walking down the street …", sang Alison, die – mit Ausnahme von Gordon natürlich – die Einzige war, die sie so sehen durfte. "You should be a model!"

Helena kicherte, obwohl ihr die Füße weh taten vom vielen Laufen in den neuen, gepunkteten, hochhackigen Schuhen durch das Science Museum, in dem Schauspieler szenisch dargestellt hatten, wie das Wasserklosett und der Staubsauger erfunden wurden; es war so lustig gewesen, dass sie ihre Vorurteile gegen Museen komplett revidieren musste. Außerdem hatte es sie für viele Augenblicke tatsächlich abgelenkt. "A model, you're kidding!"

Es klopfte.

"No!", rief sie, aber die Tür wurde trotzdem geöffnet und Mrs Delaware schaute herein.

"Dinner's ready", meinte sie. "I called you before but you didn't hear me. Is everything all right?"

Helena nickte, peinlich berührt, weil Betsy sie von oben bis unten musterte.

"Isn't she a real **beauty**, Mum?", rief Alison.

Ihre Mutter nickte zustimmend. "Wow! Alison's right, Helena, you're really beautiful. You've got a great body. I wish you could be my lingerie model! But come on, let's eat. We're all going to the theatre tonight, remember?" Sie ließ die Tür angelehnt und ging wieder nach unten.

"Do you know what we're going to see?", fragte Helena.

beauty	Schönheit
dancing	Tanzen

"It's a musical. *Billy Elliot*. I know the film. It's a wonderful story about a boy who loves **dancing** …", begann Alison.

DANGER APPROACHING

"... and who does everything he can to become a dancer ...", fiel Helena ein.
"Oh, you know the movie, too?"
"Of course, I love it. Do you think we can take a taxi there?"
"I'll try to convince Mum and Dad", versprach Alison.
Helena streifte über die Unterwäsche einen schicken Hosenanzug von Alison.
"You look so sexy, I don't believe it!", kreischte Alison und rannte die Treppen hinunter.
Helena warf im Vorbeigehen einen kurzen Blick in den großen Spiegel in der Eingangshalle. Wie würde Gordon wohl reagieren, wenn er sie so sehen könnte? Oder Malte?
Heute gab es zu Helenas Freude italienische Pasta. Das englische Essen war ihr in den letzten Tagen manchmal doch etwas unheimlich gewesen. Allerdings schmeckte ihr gerade nichts mehr so richtig, weil die Sehnsucht nach Gordon alles andere überdeckte. Und auch wenn die Vorstellung im Theater wundervoll war, so war doch das Wichtigste an diesem Abend die kaum auszuhaltende Hoffnung darauf, im Taxi hin oder zurück Gordon zu entdecken. Aber leider waren beide Fahrer alt und grau und hatten nicht das Geringste mit Gordon gemeinsam.

> Bang! Peng!
> to turn into werden

"Why do I miss him so much, although I don't even know him?", flüsterte sie vor dem Zubettgehen Alison zu.
"No idea. That's just what love is like, I guess. Suddenly it goes **bang!**, and you're in another world. It feels as if you**'ve turned into** somebody

completely different. Sometimes you feel as if you were only half a person, like you were somehow **incomplete**. And you can't do anything about it."

incomplete
unvollständig

Alison schwieg und Helena starrte sie an. Was Alison da beschrieb, war exakt das, was sie gerade fühlte.
"I guess we'll have to be patient and wait, Helena."
Helena aber hielt das Warten und Suchen und Hoffen kaum noch aus. Es wurde immer schlimmer, jetzt, wo sie ihn wieder gesehen hatte. Als sie im Bett lag, sah sie Gordons Augen vor sich und sie wünschte sich, ihn zu spüren. Aber sie spürte nur ihre schmerzenden Füße.

Showdown

Am Montag kam Malte auf Helena zugesprintet. "Guess what happened to me on Friday afternoon. Some crazy English kids **sprayed** me with water. I was completely soaked. And I had to take the Tube, so I got a cold." Er war eindeutig verschnupft und nicht so gut gelaunt wie sonst. "By the way, your new outfit really suits you." Überascht stellte Helena fest, dass sie sich kaum über dieses Kompliment freute. Malte war ihr plötzlich ganz egal.

> to spray
> spritzen

Helena war erst zur Pause in die Schule gekommen. Mrs Delaware hatte sie zwar rechtzeitig geweckt, aber Helena hatte absolut keine Lust auf den Unterricht gehabt und Betsy überredet, sie noch mal zu entschuldigen. "Can't you tell them I've got a headache? I promise this will be the last time. Please!"
Seufzend hatte Mrs Delaware schließlich nachgegeben und die Schule informiert.
Helena lief durch den Park und fütterte die Eichhörnchen, trank irgendwo einen *tall latte*, nahm ein zweites Frühstück mit Würstchen, Eiern und Speck zu sich und schaute auf dem Weg in jedes Taxi.
I'll find him, I have to find him, das hatte sie sich am Abend zuvor geschworen. I won't give up. I'm not going to leave London without seeing him again. No way. And maybe I should become a dancer like Billy Elliot, dachte sie, und das, was bis dato immer so klar gewe-

sen war, nämlich dass sie Ärztin werden würde, geriet ins Wanken. "I've never thought of doing anything else", teilte sie den kleinen flinken Tierchen im Park mit, die ihr mit weit aufgerissenen Augen zu lauschen schienen. "Maybe I'll become an astronaut. Or a taxi driver in London." Nichts schien mehr sicher und normal zu sein in ihrem Leben, sie sah anders aus und hatte lauter extreme, nie empfundene Gefühle. Und wenn der Lehrer noch mal ihre Eltern anrufen sollte, dann war ihr das auch egal. Pfeif auf den Englischunterricht! Sie würde ihre Zukunft auch ohne das meistern.

Leider sahen ihre Eltern das ganz anders. Am Abend, nachdem Helena mit Fiona und Alison wieder erfolglos in Camden Town umhergestreift war, wünschte sie sich, sie wäre morgens pünktlich zur Schule gegangen.
"Why did you miss school again?" Ihre Mutter war unglaublich wütend. "You promised you wouldn't. I've just talked to your father. The Delawares may be nice people, but they don't seem to be right for you. We're coming to London to pick you up and bring you home."
Helena war entsetzt. Das konnten sie ihr nicht antun! "No, Mum, you can't do that!", rief sie in den Hörer.
"Of course we can. We've booked the flight already. We'll be there in three days. Make sure you're packed and ready. That's all I've got to say for now. I only hope you change your behaviour and start going to school from now on. See you soon, Helena." Klack, aufgelegt.
Die Schule war natürlich das Letzte, was Helena jetzt interessierte. Sie war wütend und verzweifelt zugleich.

"I have to get away from here, Alison." Fieberhaft suchte sie nach einer Lösung. "I'm not going to leave London until I've found Gordon. My parents aren't interested in how I feel; all they care about is how I do at school. And they're **determined** to come here and pick me up. I need your help. I have to go somewhere else for a while."

"You really want to run away? You're sure?" Helena nickte entschlossen und Alison dachte fieberhaft nach. "Okay, then. Wait a minute, I'll make some phone calls. Hold on."

> **determined**
> entschlossen
> **basement**
> Tiefparterre
> **to flush**
> spülen
> **bedpan**
> Bettpfanne

Wenige Minuten später hatte sie eine Lösung. "I'll take you to David's house. You can stay in the **basement**; nobody will notice you're there. Pack some things tomorrow morning; we'll have to do it while my parents are out. I'll lend you my sleeping bag."

Am nächsten Morgen packte Helena in aller Eile ein paar Sachen zusammen und bald darauf saßen sie bei einem Freund von Alison in der Küche eines kleinen Hauses irgendwo in Bayswater, nicht weit von der Schule entfernt.

David überreichte ihr einen Schlüssel. "My parents are out all day and they won't be back before eight p.m.", erklärte er. "They never go into the basement, so you'll be safe there. But ...", er grinste breit, "... you won't be able to **flush** the toilet, or they'll hear you. Shall I give you a bottle to pee into, and maybe a **bedpan**?"

Trotz ihrer verzweifelten Lage musste Helena lachen.

Der Raum war gemütlicher, als sie erwartet hatte. Es handelte sich um einen kleinen Partyraum im Tiefparterre, ausgestattet mit Matratzen und Kissen, an den Wänden alte Schallplattenhüllen.

"My parents used to have parties here when they were younger", erklärte David beiläufig.

"Thanks a lot for all your help", sagte Helena dankbar.

Dann ließen David und Alison sie allein. Alison wollte zu Hause so lange wie möglich dafür sorgen, dass niemand Verdacht schöpfte.

Aber als Helena allein war, verließ sie schlagartig der Mut. Sie fühlte sich einsam und wusste nicht, wie es weitergehen sollte. Nach einer Weile beschloss sie hinauszugehen. Alle anderen waren noch in der Schule, da würde sie jetzt sicher niemandem begegnen. Es gab nur eine Person, der sie jetzt gerne begegnen würde.

Sie hatte plötzlich eine Idee, durchforstete ihren Stadtplan und suchte zielstrebig den Platz auf, an den Gordon sie entführt hatte. Da saß sie nun auf einer Bank, schaute auf die Themse und wünschte sich ihren Traumprinzen herbei. If I close my eyes, maybe he'll appear? If I keep my eyes shut he might sit down next to me and kiss me ... Aber wie oft sie ihre Augen auch schloss und wieder öffnete, es war kein Gordon in Sicht.

Erst spät lief sie zurück zu Davids Haus, schlüpfte leise zur Kellertür hinein und legte sich auf die Matratze. Natürlich benutzte sie die Toilette in der Nacht, aber sie zog erst am Morgen die Spülung, nachdem Davids Eltern das Haus wieder verlassen hatten.

Bald darauf tauchte Alison auf und Helena bombardierte sie mit Fragen. "What did you tell your parents? How did they react?", fragte sie aufgeregt.

"It's all right", beruhigte sie Alison. "I told them everything except where you are. They're not exactly **enthusiastic** about it, because they might get into trouble. But they understand. They said they won't **interfere** as long as they're sure you are safe. And maybe they can convince your parents to **go easy on** you."

> enthusiastic
> begeistert
> to interfere
> eingreifen
> to go easy on sb
> jdn mit Nachsicht behandeln

Helena seufzte erleichtert. Vielleicht würden die Delawares es schaffen, ihre Eltern eines Besseren zu belehren. Zuzutrauen war es ihnen durchaus.

"I'm going to go to your school now and let Fiona know you're okay. She called about a hundred times yesterday."

"That's a good idea. Can't you talk to the teacher too? I don't want your parents to get into trouble; they're so nice, it wouldn't be fair if they got punished because I ran away."

Alison legte beruhigend ihren Arm um Helenas Schulter. "Stay calm, Helena. I'll go to your school and tell them you won't be coming in."

Alison verabschiedete sich, und für Helena begannen Stunden des Wartens. Sie versuchte noch mal zu schlafen, aber die Gedanken, die sich in ihrem Kopf drehten, ließen sie nicht los.

Mittags kam Alison endlich mit einer völlig aufgelösten Fiona zurück. "I was so worried, you can't imagine! Don't do that to me again, Helena! And that boy Malte was, too. He kept on asking me where the two of you were, and I didn't know."

"Listen, Helena", unterbrach Alison Fiona. "Mum and Dad will pick up your parents at the airport tomorrow morning. They'll tell them that you don't want to leave and try to explain things. What do you want to do today? Do you want me to stay here, or do you want to go out with me?"

Fiona meinte: "I'm sorry, I can't stay. The people I'm staying with are going out and they want me to **babysit**."

| to babysit | babysitten |
| **hopefully** | hoffentlich |

Helena schüttelte den Kopf. "Thank you, Fiona. I'd like to stay here alone anyway, don't worry. I want to write a letter to my parents. See you tomorrow."

Alison schaute sie fragend an, aber Helena wollte wirklich allein sein. Sie hatte vor, wieder zu diesem Ort am Flussufer zu gehen, wohin Gordon sie entführt hatte. Dieser Ort war ihre einzige Hoffnung. Sie wusste, dass Gordon die Stelle liebte, und hoffte inständig, dass er wieder dort auftauchen würde. Und dann wollte sie unbedingt da sein.

"I'll be back tomorrow, **hopefully** with good news from your parents. They're landing at ten a.m.", verabschiedete sich Alison.

Kaum war Helena allein, begann sie wieder an allem zu zweifeln. Was machte sie da eigentlich? Sie ging nicht mehr zur Schule und brachte die Delawares in Schwierigkeiten, nur weil sie sich in den Kopf gesetzt hatte, ein Stecknadel im Heuhaufen zu finden! Einen Taxifahrer in London ausfindig zu machen war ein völlig illusorisches Unternehmen. Was bildete sie sich da nur ein? Aber jetzt gab es kein Zurück mehr. Sie zog sich an, lief los, ohne weiter über Weg und Ziel nachzudenken, und erreichte den Platz an der Themse; sie lief auf die Bank zu, auf der sie gestern gesessen hatte und ... da saß jemand!

Da saß jemand, der ihr bekannt vorkam ...

Jemand mit wilden, schwarzen Haaren ...

Jemand mit Augen wie ...

"Gordon!"

Ihre Knie wurden weich wie Pudding und er saß da einfach, als sei es das Selbstverständlichste auf der Welt, und biss in ein Sandwich!

Dann bemerkte er sie und schaute überrascht zu ihr her.

"Hi! What a surprise! Helena!"

He remembers my name, schoss es ihr durch den Kopf. Hoffnung stieg in ihr auf.

"Come on, sit down, please. I promise I won't kidnap you again."

Ach, er sollte sie bitte kidnappen und mit ihr bis ans andere Ende der Welt fahren! Mit wabbligen Knien ging sie auf ihn zu und setzte sich.

"How are you?", erkundigte er sich freundlich. Was er wohl fühlte?

"All right – I mean ..." Sie verstummte.

"Why aren't you at school?", wunderte er sich. "I thought school was so important to you? You're supposed to be there now, aren't you?"

Sollte sie die Wahrheit sagen? I can't think about English grammar because I'm thinking about you all the time? Das ging auf keinen Fall. Sie sagte einfach gar nichts, starrte auf ihre neuen Schuhe, die immerhin nicht mehr drückten.

"Beautiful shoes. Did you get them at Camden Market? And your haircut? Looks great, I like it", bemerkte er.

Meine Güte, er versuchte offenbar, ein richtiges Gespräch mit ihr in Gang zu bringen. Hey, don't you see that I can't talk right now? Don't you feel what I feel? Helena kam sich völlig unbeholfen und blöde vor. "Er, yes,

> **clairvoyant**
> Hellseher(in)

that's right, Camden Market. And I saw you there the other day." Das klang beiläufig, war's aber ganz und gar nicht. Sie atmete tief durch.

Enttäuscht hielt er inne und ließ sein Sandwich sinken. "And you didn't say hello?"

"I wanted to. But you were so far away when I recognized you, and then I looked for you all over and I couldn't find you anywhere, and then you were gone! I wanted to say hello, really I did."

Er sah sie an, und da waren sie wieder, diese tiefdunklen, warmen Augen, die in ihr Innerstes sehen konnten.

"You did. I'm sorry, I didn't know", murmelte er.

"You didn't know what?" Helena kam sich saudumm vor. Hatte sie irgendwas verpasst?

"That you were there and looking for me." Seine Blicke ließen ihre jetzt nicht mehr los. Sie dachte, sie müsse gleich in Ohnmacht fallen.

"How could you know? You're not a …"

"… **clairvoyant**? No, I'm not. But I can feel what you're feeling right now. And I feel the same", sagte er und dann nahm er ihre Hand. Er nahm einfach ihre Hand!

Der totale Wahnsinn! Aber das reichte Helena nicht, sie wollte ihm noch viel näher sein.
"No school today?", flüsterte er.
Sie schüttelte den Kopf und lehnte sich endlich an seine Schulter. "No school since I met you. Not really."
Wow, bang! Es war gesagt, ausgesprochen, formuliert, raus! Sie spürte sein Gesicht näher kommen, seinen Mund – und dann küsste er sie. Ganz vorsichtig.
"I came here every day and thought of you. I couldn't get you out of my head, Helena. But I had no idea …", flüsterte er irgendwann.
Er küsste sie wieder und jetzt küsste sie ihn zurück. Sie schloss die Augen und alles um sie herum begann sich zu drehen.
Sie hatte keine Ahnung, wie lange sie so dasaßen. Die Zeit verging auf ihre Weise. Wen interessierte das? Niemand wartete auf Helena. Zum ersten Mal im Leben fühlte sie sich … frei!
"I'm sorry, Helena, I have to take my taxi back to the garage now", flüsterte er nach einer viel zu kurzen Ewigkeit so leise, dass sie ihn kaum verstand.
"I'll go with you. I won't let you leave me again."
Dann fuhren sie im Taxi durch London. Sie schaute die ganze Zeit in den Rückspiegel und er auch, sooft er konnte, sie lachte, er lachte, schließlich stellte er irgendwo das Taxi ab, überreichte irgendjemandem, der darauf wartete, die Schlüssel, und dann liefen sie durch diese großartige Stadt, Arm in Arm, blieben stehen, schauten sich an, schauten sich um, küssten sich und liefen weiter. Wie schön die Stadt jetzt war, jetzt, wo es dunkel wurde, in der Dämmerung, zur blauen Stunde,

in der Nacht. Und Helena hatte keine Ahnung wie spät es war, als er sagte: "I'll bring you home now. Your guest family must be waiting for you."

Helena schüttelte den Kopf und schmiegte sich an ihn. "Nobody's waiting for me. I ran away. My parents are arriving tomorrow to pick me up. But I promised myself I wouldn't leave London before I found you."

Gordon blieb abrupt stehen. "I don't believe it. You are such a crazy girl! I love you!"

"Yes, I am crazy", flüsterte sie und grinste. "Crazy for you."

> **home town**
> Heimatstadt

Er lachte und mit einem Griff hatte er sie gepackt und auf den Arm genommen und trug sie ein Stück. "So tell me, where do you want me to take you next?"

Wusste sie das? Nein, keine Ahnung. Es war völlig egal. "I don't know. Wherever you want. This is your **home town**, not mine, so it's up to you."

Sie waren die ganze Nacht unterwegs. Mal rannten sie, mal trug er sie, mal bewegten sie sich kaum vorwärts. Es war warm, viele Menschen waren unterwegs, sie gingen in überfüllte Pubs und suchten dann wieder einsame Plätze auf, liefen durch die *streets of London*, bis schließlich der Morgen dämmerte.

"God, I'm so tired." Helena gähnte herzzerreißend.

"Me too. I'll bring you home – I mean, where are you staying now? Do you have a place to stay at all?"

"Sure", murmelte sie, zu müde, um mehr zu sagen.

Und so nahm Helena Gordon mit in Davids Keller. Leise, still und heimlich schlichen sie in das fremde Haus, kicherten übermüdet, ließen sich auf die Matratzen fallen und schliefen eng umschlungen ein.

Nur wenige Stunden später kreuzte Fiona mit Kakao und Sandwiches auf. Als sie Gordon auf der Matratze liegen sah, schaute sie ungläubig.
"I don't believe it! This is the guy we've been searching for? Where did you find him? Camden? Or in a taxi? I don't believe it! I'll come to Alison's after school! I wonder what your parents will say! What do you think? This is such a weird story, nobody will believe a word when I tell them back home. You must come to Holland soon to **prove** that I'm not a liar …"

Helena blieb nicht viel Zeit, auf Fionas Fragen zu antworten. Sie sah auf die Uhr und hatte plötzlich ein banges Gefühl in der Magengegend. Nicht mehr lange und ihre Eltern würden ankommen. Und dann? Sie mochte gar nicht darüber nachdenken.

> **to prove**
> beweisen

Kaum war Fiona aus der Tür, kuschelte sich Helena wieder an Gordon und fiel in einen unruhigen Traumschlaf. Sie träumte, sie sei die Königin, die einen Schweinekopf aufgespießt hatte und durch Londons nächtliche Straßen zog. Hinter ihr fuhr ein Heer von Taxis. Am Straßenende aber warteten ihre Eltern vor dem Haus der Delawares, ihre Gesichter in voller Kriegsbemalung. Nervös wälzte sie sich hin und her. Gordon blinzelte, legte einen Arm um sie und schlief erst wieder ein, als sie wieder ruhiger atmete.

Mittags tauchte Alison auf, völlig außer Atem. Als sie Gordon sah, fiel sie aus allen Wolken. "You're Gordon! Helena, you really found him? My friends didn't manage – and you did it all by yourself! It's a miracle, and you have to tell me all about it – but before that: Helena, your parents **are freaking out**. They want to call the police. They'**re making a huge fuss** and my parents don't know what to do now. I think you have to come home."

| to freak out ausflippen |
| to make a huge fuss tierischen Wirbel machen |
| unless wenn nicht |

Helena zögerte nur einen kurzen Moment. "Okay, tell them I'll come. But tell them they have to calm down. It's not your parents' fault. I won't come back **unless** they calm down. Wait – I'll write them a letter."

Erleichtert atmete Alison auf. "All right. That sounds like a good plan."

THIS IS NOT THE END

Sie gingen in ein Café in der Nähe, Alison trank einen *tall latte*, Gordon frühstückte und Helena schrieb einen langen Brief an ihre Eltern, natürlich auf Englisch. Vielleicht war Schreiben sowieso besser als Reden.

> Dear Mum and Dad,
> I know that you're worried, but there's no need to be. I can take care of myself pretty well. I'm having a fantastic time in London and the Delawares are a wonderful family. In fact, they're the best people I've ever met. Do you know why? They trust me. They believe in me. You **on the other hand** never really did, and you still don't!

on the other hand
andererseits

Helena wurde fürchterlich traurig, während sie sich ihre Gedanken von der Seele schrieb. Sie bemerkte, dass sie ihre Eltern sehr wohl vermisste, und wünschte sich kaum etwas sehnlicher, als von ihnen verstanden zu werden.

> I know that you only want to take care of me, that you only want the best for me. But I'm not a baby any more, and sometimes I really do know what's best for me better than you do.

Wie würden ihre Eltern darauf wohl reagieren?

And by the way, I don't really know whether I want to be a doctor. I have to find out for myself what I really want. School may be important, but friends are too. In London I've met someone who's become the most important person in my life. He's a taxi driver, and I'm in love with him. Nobody can **ban** love, not even you. But I love you too, and I hope you'll understand me. I want to stay in London for as long as possible – with or without school.
See you soon.
Love,
Helena.

to ban	verbieten
upset	aufgebracht

Helena faltete das Blatt Papier zusammen und reichte es Alison, die es einsteckte und sich umgehend verabschiedete.
"I'll be back soon", sagte sie und verschwand.

Eine gute Stunde später kam sie zurück. In dieser Stunde hatte Helena Gordon ihr Herz ausgeschüttet. Er hatte ihr schweigend zugehört, während sie von ihren Eltern und der Schule in Deutschland berichtet hatte. Und von dem Buch *Lord of the Flies*, das sie in ihren Träumen immer noch beschäftigte.
Alison schien erleichtert. "They read your letter several times. They're still **upset**, but in the end they said they'll try to understand. So now I really want you to come home with me! Everybody's waiting for you", berichtete sie.

Vor dem Haus der Delawares bat Helena Gordon, einen Moment draußen zu warten, bis sie ihre Eltern begrüßt hatte.

"Helena, I'm so glad you're back", empfing sie Mrs Delaware. Ihre Mutter hingegen schlug entsetzt die Hände zusammen, als sie ihre Tochter mit der neuen Frisur erblickte. Helena hatte sich schon so daran gewöhnt, dass sie es ganz vergessen hatte.

"Calm down", flüsterte ihr Mann. "Helena, are you all right?"

Helena fiel erst ihrem Vater um den Hals, dann ihrer Mutter, die sich große Mühe gab, nicht zu weinen, das sah Helena an ihren Augen.

"And now", sagte Helena schließlich, "I would like to introduce you to Gordon." Sie eilte zur Tür und riss sie auf. Als er eintrat, schauten ihre Eltern nicht gerade begeistert. Für einen Augenblick wusste keiner so recht, was nun geschehen sollte. Aber plötzlich klingelte es und Fiona und Malte stürzten herein.

Malte stutzte beim Anblick von Andy, der wiederum für einen Moment wie zu einer Statue erstarrte. Alison, Fiona und Helena schauten sich alarmiert an. Andy versuchte seine Wasserpistole unter dem Pullover zu verstecken, was ihm leider nicht so recht gelang. Verlegen lief er aus dem Haus, gefolgt vom laut bellenden Sir Henry.

"I'll be back for dinner!", rief er und war verschwunden.

Malte sagte nur: "I'm glad you're back, Helena, I've missed you."

Helena lächelte und sah sich um: In diesem Raum befanden sich lauter Personen, die sie sehr gern hatte und die dieses Gefühl offensichtlich erwiderten! Sogar Malte! Sie fing an zu lachen und rief: "I'm so happy now, you can't imagine how happy I am. I really love you all!" Damit war das Eis gebrochen.

> Ethiopia
> Äthiopien
>
> aid agency
> Hilfsorganisation

Später saßen sie alle draußen im kleinen Garten der Delawares. Betsy unterhielt sich mit Helenas Mutter und sie schienen sich gut zu verstehen. Gordon sprach mit Helenas Vater und erzählte ihm, dass er Medizin studierte und sich das nötige Geld durch Taxifahren verdiente. "My father's a doctor too, he's working in **Ethiopia**. My mother went with him, she's working with an **aid agency** there", erzählte er gerade, während Helenas Vater interessiert zuhörte. Helena war damit beschäftigt, Alison und Fiona zu berichten, wie sie Gordon gefunden hatte. Zwischendurch fiel ihre Serviette auf den Rasen, und als sie sie aufhob, sah sie, dass Malte unter dem Tisch Alisons Hand hielt. Vor Schreck fuhr Helena auf und stieß gegen die Tischplatte. Ihr Orangensaft kippte um. Helena und Malte sahen sich an und mussten schallend lachen.
"Can I talk to you for a moment, Malte?", fragte sie ihn, immer noch kichernd.
Und während Fiona mit Mr Delaware über die architektonischen Highlights von London diskutierte, gingen sie ins Haus.
"What's going on between you and Alison?", wollte sie von ihm wissen.
"Moment mal, ganz von vorne, Helena. Ich weiß, dass ihr Andy auf mich angesetzt habt, und ich weiß zwei-

tens auch, dass ihr mich belauscht habt in der Whispering Gallery. Aber das Gespräch war nur eine Wette, die ich auf dem Kindergeburtstag meiner Gastfamilie verloren hatte. Ich musste einen Liebesdialog aus einem Film auswendig lernen und ihn mit der Tochter in der Whispering Gallery spielen."

Helena war platt. "How crazy is this?! I thought you must just be the kind of guy who tried to kiss every girl he met!"

hint
Hinweis
recommendation
Empfehlung

"Hey, do you realize you're speaking English all the time, you crazy girl?" Er lächelte. "You know, I fell in love with Alison the moment I saw her", fuhr er fort. "And she says she liked me immediately too! I'm so happy, and I want to thank you for giving me the **hint** about this school …"

Helena stutzte. "What do you mean?"

Malte zierte sich ein wenig und sagte schließlich: "I wrote an e-mail to Ludwig the other day. I wanted to tell him that his **recommendation** was great. And he wrote back that I should thank *you*!"

"So you knew …"

Malte grinste. "Yes, I knew that you liked me a lot after the flight to London. And I really tried to show you that I do like you, but that I don't … well, you know what I mean."

Helena sah Malte etwas unsicher an, aber dann wusste sie, dass sie in ihm einen richtigen Freund gewonnen hatte, und gab ihm einen fetten Kuss auf die Wange.

"I guess we're friends, then", murmelte er. Arm in Arm schlenderten sie hinaus in den Garten zu den anderen

Freunden und vor allem zu zwei ganz besonderen Menschen, mit denen sie beide noch eine wunderbare, außergewöhnliche, aufregende Zeit in London verbringen würden.